La Casa Mágica

Claudia Carbonell

La Casa Mágica

Por Claudia Carbonell

Claudia Carbonell

5

Dedicatoria

A la memoria de mi padre.

Poema: La Casa Mágica

Maricela R. Loaeza

Es un bosque que sueña
brisa de hojas de abedules
La luna brilla sobre la pradera.

Claudia Carbonell

Debajo de tres sauces llorones,
La Osa Parda, Osado y Rosado
juegan abrazados al amor

En medio de la Casa Mágica
—construida de madera rustica—
sobre las burbujas perfumadas de sus jardines,
grazna la pata, baila el conejo, ladra la perra
y un patito de caucho está lleno de sueños embrujo.

Hay armonía…
Los habitantes del bosque esperan el alba,
mientras la cascada vierte su música
sobre la quebrada.
Los animales en su ambiente corren, aman.
Todos saltan con el viento y la lluvia,
mientras los humanos ambicionan y acechan.

Al entrar al bosque detonan una bala,
prenden la sierra... el árbol cae,
agoniza sobre la vereda...

El animal se vuelve abrigo y mito...

en el tiempo venidero.

Yo quisiera ser civilizado como los animales…

Roberto Carlos

Introducción

Hace mucho tiempo, cuando tus tatarabuelos no habían nacido, el mundo era un mejor sitio para los animales salvajes. Vivían en bosques y selvas, libres de la intervención del Hombre.

El Hombre habitaba su ambiente creado por él mismo. Animales y humanos se respetaban: eran libres. Pero el Hombre convirtió un lugar de refugio placentero en fríos bloques de cemento y empezó a sentir la necesidad de expandir su mundo...

Y al no sentirse feliz allí, volvió su atención al hábitat de los animales y tomó de él todo lo que había perdido de su mundo. Así empezó la destrucción de bosques y selvas. Los animales se convirtieron en su entretenimiento, en trofeos, y ganancia monetaria.

A su vez, los animales respondieron.

Encuentro de Osos

1

—¡La gente y los animales se habían vuelto balísticos en el zoológico!

No había diferencia entre ellos ya que los dos exhibían el mismo comportamiento salvaje. Sammy, el gran león africano rugía y como intentando enterrar su frustración, aruñaba el suelo de su cueva fabricada por el Hombre.

El tigre de Bengala, traído de la India, tenía una pata afuera de las barras de hierro de su recinto. También afuera estaban sus terribles colmillos. ¡De ambos lados salía baba espesa y dentro de él emergía el más aterrorizante aullido de protesta!

El panda de la China se paseaba con la falta de dirección de alguien que no tiene dónde ir y con la misma inquietud de quien tiene todo por temer.

Dentro de su encementada guarida, el jaguar de Sur América daba círculos persiguiendo su cola en frenética carrera.

En otra cueva de concreto estaba la más rara bestia de todas. Tenía dos patas y no rugía ni daba alaridos… lloraba. Éste era Pedro, el cuidandero de los animales del zoológico quien parecía más un loco en vez del hombre de naturaleza apacible que había sido hacía unos minutos.

Ocasionando toda la histeria era la última osa parda de la tierra quien se catapultaba hacia la reja de salida. Al aterrizar al borde de la verja, golpeó el suelo y bajó la cabeza preparándose para una batalla. Estaba incluso lista para morder por su libertad, pero la cosa que estaba apretando entre sus dientes, detuvo sus instintos. Era un patito de goma; su único compañero que hacía años un muchacho había arrojado a su jaula.

¿Cómo pudo ella dejar su jaula, tirar la puerta, y encerrar a su cuidandero? Todo ocurrió en un destello de reflejo salvaje. Un arrebato de energía, un arranque de sangre caliente que llegó a su cerebro nublando su parte racional y despertando el lado bestial de fuga que le dijo que no era correcto permanecer encerrada.

Al escuchar el anuncio de un oso que se escapaba en el altavoz, los visitantes del zoológico corrían hacia sus autos, gritando y tomando fuertemente a sus hijos como si las vidas de los pequeños dependieran de ese fuerte agarrón. Aquellos más cerca de la reja se esparcían despavoridos a los lados para darle el derecho de paso a la gran bestia.

Detrás de ella se aproximaban los guardias de seguridad con largas redes y pistolas. Gritaban, — ¡No dejen salir a la osa!—.

La osa Parda se llamaba Nena. No por pequeña sino por ironía humana. Sus captores sabían que mucho crecería a lo largo y ancho y un nombre manso le iría bien. Despertaría burla y dibujaría sonrisas en los rostros de los visitantes del zoológico; y así fue.

¡Oh Gran Osa Parda del Norte, dadme fuerzas para correr! Necesito libertad y tú entiendes eso. Los osos nacemos para ser libres; no para estar encerrados en jaulas. Bramó interiormente y obligó a sus grandes patas a moverse aunque estaban atrofiadas debido a tanto tiempo de quietud. Mientras una extremidad tocaba los límites de la verja del zoológico, se aventó al aire en un sorprendente brinco y aterrizó a unos pies afuera de los confines de ésta. Su emoción hizo salir de ella un gruñido, y allí perdió su juguete.

—¡Adiós cautiverio, regreso a mi hogar!—. Desató un poderoso rugido y el patito de goma soltó de la seguridad de sus mandíbulas y cayó al suelo. Aún así su corazón no dio lugar a un sentimiento por su pérdida material y a cambio, su hocico sobre-excitado profirió un bramido: —¡Estoy recobrando mi libertad!

¡Qué felicidad es salir del encierro, correr, y sentir la brisa fresca sobre mi hocico! —.

Un gran Cóndor que volaba sobre ella, proyectaba su enorme sombra frente a cada paso dado por ella. Alzó su vista. *Pum, pum, pum!* Su corazón latía tan fuerte como el anhelo de llegar a su bosque. Cuando estaba por preguntarle al cóndor cómo llegar al bosque, miró al frente y se encontró ante dos aterrorizantes bestias erguidas en dos patas quienes tomaron su posición entre ella y la verja de entrada al zoológico.

Le apuntaban con unas largas escopetas.

— ¡Aaarrrrg!—, gimió ella, al voltear la mirada. *¡No podría jamás regresar. ¡Esa verja! Es la misma que crucé cuando era cachorra. Estaba tan asustada y no tenía idea de lo que estaba por sucederme. Si mamá hubiera sabido dónde terminaría su cachorrilla, nunca habría salido de caza aquel día cuando mi vida cambió para siempre.* Su mente una vez más tomada por la parte bestial insistió, *tú puedes ganarle a las bestias de dos patas, ¡adelante!* Pero sus sensibles patas sabían de su atrofia, de su falta de energía y resistencia.

No obstante, al reconocer por el aroma que aquellos apuntándole armas eran los mismos quienes la habían capturado años atrás, sus patas le obedecieron a su mente y cobraron la fortaleza de su juventud perdida.

¡Pum, pum, pum, pum! Era su corazón ansioso por tomar vuelo? Ay no, esas eran *¡balas!*

Una por poco alcanza su cabeza y a cambio estalló contra una palma. Para esquivar el aguacero de plomo, la última osa parda de la tierra, zigzagueaba por toda la grama hasta encontrarse de nuevo pisando cemento.

Gran Osa Parda, ¡sálvame de esas balas! Se dijo a sí misma. *Sé que si alguna me alcanzara, pasaría por mi pellejo. ¡Esto me mataría y me niego a morir aquí! Necesito regresar a mi bosque y allá vivir mis últimos días junto con los de mi especie.* Cerró los ojos y se precipitó de cabeza a un llano abierto. Dos corrientes; una emanando de su cerebro y la otra subiendo de su corazón se bifurcaron dentro de la garganta. En un gorgojeo susurró, *Más grande es aquella quien te mantendrá a salvo.*

Gran osa Parda del Norte, ¿eres tu? Procuró escuchar. Con todo su ser quería respuestas pero los golpes de sus patas estampillando el suelo de concreto, su jadeo, el corazón pulsando, y las balas estallando, apagaban a la Gran Osa Parda dentro de ella.

Ahora Nena se percató que los hombres con rifles ya no estaban allí. En cambio, se encontraba cara a cara con algo no menos amenazante. Era una selva... ¡de máquinas rodantes! Zumbaban en cuatro direcciones diferentes soltando humo de sus traseros.

Una se detuvo frente a ella. Era de color sangre recién derramada. Dos hombres armados bajaron. Nena corrió de regreso a los árboles.

Sus ramas escuálidas y sin hojas parecían gigantescos y esqueléticos dedos amenazando a levantarla de su pelaje. Varias ardillas se dispersaron al verla. Ella les bramó: —¿Me podrían indicar dónde queda el bosque? ¿*Mi* bosque? —. No obstante, las ardillas no respondieron; se quedaron mirándola detrás del tronco de un árbol.

—¡Allá está!—. Gritaron los hombres. Nena volteó a mirarles. Cómo podría un animal aterrorizado razonar con el Hombre? Cómo traducir los bramidos en súplicas al idioma humano para ser entendidos por ellos? Ante los hombres había una gran osa rugiendo y amenazando aplastarles con un sólo zarpazo. Ante ella yacía la amenaza de una existencia que anhelaba borrar. Ellos como las ardillas, tomaron refugio momentáneo detrás de un árbol mientras Nena resumía su carrera.

No regresaré. Jamás lo haré. Gran Osa Parda, ¿dónde está el bosque? Ahora sus patas tomaron vuelo. Parecían seguir su ansioso corazón. Se lanzaba a todo cuanto encontraba frente a ella incluyendo una oxidada jaula. Aquí se estremeció. Vio la imagen de su propia celda clara en su mente; un encierro rodeado de barras de hierro, la penosa vista de un viejo arce escasamente visitado por aves, y abajo, un puñado de gente buscando sombra y tomados por la curiosidad de ver a la última osa parda sobreviviente de la tierra. Después de correr por unos minutos interminables, finalmente su agotamiento y aquello que la esperaba frente a ella, la obligó a hacer un alto. *¡Oh no, esto no puede ser, un abismo no! Gran Osa, ¿Por qué?* ¡Estaba a menos de 100 pies arriba de un caudaloso río!

Jadeaba, chorreaba baba espesa, y sentía sus fuerzas totalmente quebrantadas. Abajo un enemigo de seguro la ahogaría y detrás de ella avanzaba otro peligro peor: el Hombre. Levantándose sobre las patas traseras Nena se irguió a su máxima estatura y les rugió a dos hombres quienes habían bajado sus escopetas y tomaban una gran red para lanzársela.

¿Qué debo hacer? pensó. *Sólo tengo dos opciones: dejar que el Hombre me regrese al encierro o arriesgarme a morir precipitándome al abismo. ¿Nena, cuál es el significado de la muerte?* Una vez más las palabras entre el cerebro y el corazón retumbaron. Ahora no como un susurro sino como rugido. *No lo sé*, se contestó así misma, *¡ni siquiera conozco el significado de la vida!*

Más grande es aquella dentro de ti que recuerda quien verdaderamente eres, repitió el rugido. *¿Cómo saberlo? Para el Hombre soy una bestia inusual para observar. Para mí soy solo una osa Parda.—.*

¿Cuál es el significado de la muerte? La pregunta insistía golpeando dentro de su cabeza. *Ya la he vivido, gran Osa Parda, ahora deseo vivir. ¡Escojo la vida!* Cerró los ojos. ¿Era su instinto animal tomando control sobre ella?

Saltó.

—¡Mis cachorros!—, quedó sin aliento. ¿Qué? ¿De dónde salio aquello? Nena bramó pateando el aire aterrada más de su irónica frase que del hecho de estar cayendo al vacío. Más bien quiso aullar, —Gran Osa Parda, ¡ayúdame!—. Enmudeció.

Nunca había tenido cachorros.

Es extraño cómo los más profundos deseos de tu corazón se revelan cuando estás por perder la vida. El caer parecía tomar toda una eternidad mientras observaba destellar ante los ojos su existencia completa. No tenía muchos recuerdos. Había tantos aún por vivir y un sin-número para construir.

¡Cataplum! El estruendoso choque contra el agua la despertó de sus sueños. Tocó el fondo pedregoso. Abrió los ojos y los fijó en la superficie. La corriente vestida de sol bailaba excitada invitándola a subir. Braceó con el ímpetu de quien desea sol, aire; ¡vida!

¡Pum, pum, pum!

Los hombres siguieron disparando. Las balas todas cayeron al agua y erraron en el blanco. Gracias sea a la Gran Osa Parda del Norte. Las pupilas de sus ojos dieron un salto atrás negándose a seguir dando testimonio, y su cerebro cesó de registrar otro evento más. El único firme en su función fue la nariz.

Habiendo perdido conciencia, quedo a la merced del río cuya raudal corriente la llevó en sus encrespados brazos lejos de sus enemigos.

♥ ♥ ♥

En ese preciso momento; en los confines de un

bosque—lejos de donde Nena acababa de caer— algo similar ocurría.

En el lugar preciso donde una gigantesca montaña divide el mundo donde los animales viven libremente del *civilizado* mundo de concreto de los hombres, un bebé oso saltó presa de pánico por el estallido de un disparo contra una palma de huasaí.

—¡Huye Rosado aléjate de aquí de inmediato! —, gruñió la mamá del osito. La mamá era una osa grande para ser del Amazonas. Su generoso tamaño se resaltaba aún más por su inmensa barriga y el descomunal trasero el cual rozaba la hierba al caminar.

—¡Hombres nos quieren atrapar!—.

—*¿Hombres?* ¿Qué especie de animal son esos? Rosado prendió carrera despavorido por la advertencia de su mamá. No porque creyera que semejante bestia llamado *Hombre* impusiera un peligro tan grande como para huir sin ella sino porque jamás había escuchado tanto terror en la voz de su mamá.

Sus patas resbalaban sobre la tierra mohosa, las podridas hojas, y montones de escarabajos que crujían debajo de cada uno de sus saltos.

Jadeando hizo a un repentino alto a la orilla de una quebrada rodeada de sauces llorones. Un estruendo de Hombre, algo nunca antes escuchado por él, se sobreponía a los ruidos del bosque. Volteó la cabeza. Su mirada chocó con un espectáculo aterrorizante. Su madre era levantada en el aire por una monstruosa máquina. Colgaba dentro de una red anudada, escaneando el bosque en busca de su cachorro, más él no podía hacerse oír por encima del estruendoso aparato volador.

Mientras su mamá desaparecía arriba de las copas de los árboles, sintió un enorme vacío desprendiéndose de su pecho y terminando en su barriga. Era más aguda que toda el hambre y la sed jamás sentida por él. Quizá fuera tan desmedida como la fatiga descrita por su mamá al despertar de su tan renombrada *hibernación.* Su barriga se retorció haciendo un sonido crujiente más alto que el de los escarabajos pisados por él. Entonces empezó a chillar como un cachorro recién parido.

—¡No te vayas, mamita!—. El ave de acero volvió a descender y ahora en tierra se hizo más más callado. El artificio bajó a la mamá de Rosado en algo parecido a una caja dos veces del tamaño de ella, rodeada de algo semejante a refulgentes viñedos de lianas las cuales trepan los árboles del bosque cubierto y terminan estrangulándoles.

Rosado estaba seguro que escuchaba a su mamá llamándole, antes de desaparecer dentro de la caja. No obstante, aquel llamado eran los consejos que tantas veces su mamá le había dado:

—Siempre sé un buen oso. Mantente limpio y fíjate bien lo que comes para que crezcas fuerte y saludable. Cuidado con esas groseras abejas al recoger miel.

Y finalmente:

Corre por tu vida cuando veas cualquier cosa alta erguida en dos patas. —.

La visión de Rosado estaba emborronada de lágrimas mientras observaba el monstruo tomar de nuevo vuelo con su madre dentro de la caja rodeada de lianas. Continuó ganando altitud hasta perderse de vista.

Rosado sintió una corriente helada bajando por su lomo. Echó a correr a dirección de la máquina tan rápido como sus pequeñas patas se lo permitieron.

—No puedo vivir sin ti, mamá. ¡Llévame contigo dentro de esa caja estrangulada por lianas!—.

No era posible. Al llegar al lugar donde los hombres habían capturado a su madre, solo quedaban sus huellas; gruesas marcas de llantas hundidas en la tierra y el persistente olor de su monstruosa ave metálica. Rosado persiguió el repugnante hedor hasta no sentirlo más. Entonces exhausto, se dirigió despacio hacia los sauces chillando y pateando una bellota.

Al llegar a la orilla de la quebrada se desplomó

sobre una enorme roca y dejó escurrir su mirada al agua. Un cachorro despavorido quien de repente se había quedado solo en el bosque le devolvió la mirada. Entonces, un pececito anaranjado ondeó la superficie del agua, dejando a Rosado sin su propio reflejo para acompañarle.

En ese preciso momento, al otro lado de la enorme montaña, en la *civilizada* y cementada ciudad del Hombre, otro pequeño; un Oso Negro de color blanco, mejor conocido como Oso Espíritu (un poco mayor que Rosado), de nombre *Osado,* estaba teniendo un día de particularmente peliagudo.

Su amo abría de par en par la jaula donde él y los otros seis osos eran recluídos mientras no estaban actuando. Estaban ataviados—no como osos sino como humanos—en trajes, coloridos y brillantes.

—¡Y ahora!—, voceaba el director del circo a traves del megáfono, —damas y caballeros, el Circo Salvaje, les trae… ¡a los osos!—.

El público aplaudía y silbaba mientras los osos bajaban penosamente por la rampa de su jaula. Osado empezaba a sentir esa molestia ya familiar mientras el rugido del público retumbaba dentro de sus oídos y sus ojos se quemaban con cientos de destellos intermitentes.

Osado subió la mirada a la copa de la carpa del circo. El sol la hacía resplandecer. Entonces cerró los ojos y se imaginó corriendo libremente por el bosque como lo había hecho durante los dichosos días cuando había sido eso que un oso debía ser: ¡Libre!

¡Cuánto extrañaba la vida del bosque! Tan intensamente resentía a los hombres quienes le habían capturaron junto a dos osos más, una ruidosa cabra montes, dos venados de cola negra, un insoportable zorro, y tres frailecillos muy respetables.

—Estoy cansado de esto,—, se quejó Osado ante uno de los demás osos, (quien también había sido raptado del bosque) —de caminar en círculos como idiota, y además con todos estos trinquetes colgando. —.

—Chissss, guarda silencio Osado y mantén el ritmo. ¿Cómo puedo concentrarme? Fuimos *escogidos* para este trabajo y debemos sentirnos orgullosos de ello. Sé agradecido, ¡Al menos por la comida!—, bramó un oso viejo.

—No pedí ser *escogido,*—, gruñó Osado.

—Quiero correr por la pradera, comer moras, atrapar peces, y beber agua de la quebrada. Corretear a los conejos y a las ardillas y brincar en los depósitos de lodo.—.

—¿Quieres vivir como animal y arriesgar perder la vida?—, continuó el viejo oso.

—¿Y por qué no? Eso soy. Mejor vivir la vida como animal y luchar por ella que como un sirviente del Hombre y no tener vida.—.

Osado cesó de moverse con el círculo. Este no era el primer momento que se sentía miserable. El público aplaudió más fuerte como si aquello fuera parte del espectáculo.

—¡Me gusta ese osito más que los demás!—, insistía un niño sentado en la primera fila de la barrera de la audiencia y señalando a Osado con el dedo —¡Es despistado como yo!—.

El oso mayor del grupo le lanzó una mirada hostil a Osado. No le gustaba que le recordaran de su vida antes del circo. —¡Regresa y deja de interrumpir! ¿Cómo podemos concentrarnos mientras bramas sandeces y te alejas del grupo?—.

—¡Pues me niego a seguir caminando en círculos!—, gruñó el cachorro. Se abalanzó a una piscina de plástico ubicada a unos pies de distancia.

El disgusto le había producido sed.

Pero entonces una cámara soltó un destello de luz y le hizo tropezar y caer *dentro* de la piscina. Mientras luchaba por salir de ella, sus filudas garras rompieron el plástico haciéndola estallar. Ahora el agua inundaba el piso.

El público prorrumpió en una carcajada y aplaudió frenéticamente. El círculo de los osos se desintegró por culpa de las travesuras del cachorro que les distrajo. El entrenador demacrado de la ira y ensanchando las aletas de la nariz, se lanzó a él.

—¡Debí entrenar elefantes a cambio de ositos estúpidos!—.

—¡Oh-oh!—, Osado tragó saliva al notar las hinchadas aletas de la nariz de su entrenador. Enseguida emprendió carrera en sentido contrario a él, pasando al vaquero montando a caballo y, desafortunadamente, debajo del espacio de Chico, el payaso. Chico ejecutaba su famoso acto acrobático a 20 pies sobre el suelo encima de una vara,... contra la cual se estrelló Osado...

Los ojos de Chico se desorbitaron al ver su vara bamboleándose de lado a lado.

Osado rebotó de la vara y chocó de cabeza contra la pista donde el vaquero del circo ejecutaba su acto montado en un caballo, mientras giraba su laso a lo alto. Con él logró capturar al cachorro.

Entonces el entrenador y él lo arrastraron a una jaula.

Osado solo imaginaba el castigo que le esperaba.

—¡Déjenme en paz!—, bramó.

La desesperación estaba sacando lo peor de su ira y lo mejor de su fuerza física. Pateó la puerta de la jaula y ésta se abrió de par en par. Se lanzó y su cabeza se estrelló contra la galería detrás de la cual se encontraba el niño quien se había comparado a él en lo despistado.

El pequeño se agachó para acariciarle la cabeza justo cuando su padre de un tirón lo puso de pie.

— ¡Pero, papi, me quiero quedar!—.

— ¡Nos vamos antes de que nos maten!—, resopló su padre. Ciertamente toda la audiencia estaba en proceso de salir.

Desde la fluctuante vara, Chico suplicaba al público en pantomima que se quedaran. Osado finalmente se dio por vencido y dejó de luchar bajo el peso de lo que parecía por lo menos 20 hombres mientras su entrenador le pinchaba con una aguja. Osado sintiéndose exhausto y drogado, bostezó y clavó su mirada en Chico.

Así como Osado no podía olvidarse de ser oso incluso mientras estaba actuando, Chico tampoco parecía olvidarse de ser payaso aún cuando el público le abandonaba. Entonces perdió el control y…empezó a caer, caer, caer de lo más alto como una estrella fugaz y, ¡Cataplúm! Se desvió de lado y aterrizó sobre la carpa reventando cuerdas y derribando trampolines, personas y jaulas ocupadas por animales que aullaban como una manada de lobos bajo luna llena.

Osado desvió la mirada al lado opuesto. La gente corría gritando y maldiciéndole al circo por haberles arruinado el día. Todas las varillas que le sostenían se desplomaron en un estruendoso *¡Chazam!*

El público daba alaridos.

El caos rodeaba a Osado. Pero él de algún modo sólo deseaba dormir.

Anhelaba soñar. Porque en sus sueños era libre.

♥ ♥ ♥

Mas tarde despertó.

Se encontraba echado de bruces. Abrió los ojos ante un parche de césped y las raíces de un árbol. De inmediato cerró los ojos. La naturaleza no era parte del circo. Después abrió un solo ojo pensando que de aquel modo podría continuar soñando mientras lo mantuviera cerrado. Más volvió a ver lo mismo. Esta vez olió el dulce aroma de yerba húmeda.

Entonces abrió el otro ojo y se echó boca arriba.

¡Aaah!: había un toldo de ramas de árboles punzado por rayos de sol. Una bandada de loros volaban cotorreando. Le siguió un grupo de cacatúas graznando. Giró hasta ponerse de lado y admiró el paisaje de interminales hileras de robustos árboles. *¡Si Chico hubiera trepado a uno de éstos!* Él reflexionaba.

—¡Tan convincente!—, murmuraba. Sus sueños normalmente no eran tan vívidos. El aroma a grama húmeda era punzante. Hundiendo su nariz entre su humedad, continuó, —Adelante Osado, ¡sigue soñando!—. Se levantó estirando las patas delanteras por encima de la cabeza y emitió un sonoro bostezo. Continuaba maravillándose de los detalles de este sueño. Sentía sus patas húmedas y olfateaba la lluvia apenas caída.

— ¡Hasta veo a un osito más pequeño que yo procurando esconderse detrás de aquel sauce!—.

Osado se esforzó a caminar tan amistosamente como podía.

—¿Si ves, pequeño? ¡No debes asustarte!—, dijo mientras pasaba el sauce y llegaba a una quebrada. ¡Qué maravilla! El cristalino charco lo regaba una cascada muy alta donde una roca tapizada en musgo verde casi se partía por la mitad por la fuerza del cauce.

Se agachó y bebió. El agua del sueño era igual de deliciosa como recordaba el agua verdadera del bosque. —Mmm. —.

Escuchó pequeñas pisadas detrás de él. Se dio vuelta lentamente para no asustar a un potencial amigo… incluso uno soñado.

—Mi nombre es Rosado,—, el osito prácticamente susurró.

—Mi nombre es Osado. Agradezco tu voz baja para no despertarme. Estoy soñando, ¿Sabías? Y no quiero despertar. Nunca deseo regresar a ese circo a entretener a una manada de Hombres. Prefiero cazar mi alimento. Mis cobardes camaradas del circo nunca entendieron esto de mí, ¡Ja!—.

Rosado entreabrió sus pequeños ojos. Bajó la cabeza en una posición agazapada de combate.

—¿Haces eso en mi sueño? ¡Debo admitir, pareces bastante real!—. Estiró las patas delanteras y frotó la redondeada y peluda barriguita de Rosado. —Haz de nuevo la posición de combate. —.

—No estás soñando, Osado. Te trajeron unos hombres dentro de una máquina similar y en una caja parecida en donde se llevaron a mi mamita.—. Empezó a disgustarse. —¡Pensé que eras ella!—.

Pero Osado había dejado de escucharle. —¿Quieres decir que no estoy soñando?—.

Rosado estampilló su pata sobre la de él. —No estás soñando.—.

—¡Ayy! —, Osado fulminó con su mirada al pequeño oso y sobó su pata. Más el dolor pronto se disipó a medida que consideraba la posibilidad de que quizá no estaba soñando. ¿Sería posible que se hallara de regreso en *su* bosque?

—¿Hace cuánto estoy aquí?—.

—Los hombres te trajeron anoche. Dormías como en la descripción de mamá de un oso hibernando. —.

—¡La aguja del entrenador! Aquella me puso a dormir. Entonces este no es un sueño, —¡De verdad estoy en el bosque! No es fresco como lo recuerdo, pero en fin; veo árboles, grama, agua. ¡Siento la brisa!—. Osado rugió mientras se paraba en las patas traseras sintiéndose más feliz que nunca contemplando el paisaje que tanto tiempo había recordado, soñado, y anhelado.

—¡YUPI!—, bramó y de un salto terminó en la quebrada. Levantó las patas a lo alto, pataleó, bebió más agua y después, desvió su vista a Rosado.

Él no lucía ni remotamente feliz. —Ellos cambiaron a mami por *ti.*—.

Le observó. Había tanta tristeza en él. ¿Cómo podía una amargura tan grande caber en alguien tan chico? Salió del agua y se dirigió a él. Envolvió sus patas alrededor de la parte central de su cuerpo mientras Rosado lloraba su pena.

Cuando parecía no quedarle a Rosado más lágrimas para derramar, le miró a los ojos.

¡Ven, acompáñame a un chapuzón!

—Me… me da miedo. Yo sólo nadaba con mami. —.

—Yo te cuidaré,—, le prometió Osado mientras le ayudaba al cachorro entrar al agua.

Pronto estuvieron nadando juntos y tirándose

agua uno al otro. Parecía como si Rosado se hubiera olvidado de su dolor y Osado recordaba el carácter juguetón que había abandonado durante su estadía en el circo.

Hubieran seguido jugando por horas de no haber sido por un alarmante crujido de hojas secas y un murmullo saliendo detrás de los sauces llorones.

Se frisaron. ¿Habría el Hombre regresado por ellos?

—¡Tengo tanta sed, y estoy tan cansada…! Ningún animal sabía dónde estaba el bosque. ¿Cómo es posible? ¿En cual otra parte fuera del zoológico, viven hoy en día los animales? ¡Ay que viaje tan largo y agotadoor!—. Bramó una gran osa adulta quien en dos saltos llegó a la orilla de la quebrada y bebió agua con premura. Ésta elevó la mirada y se sorprendió al encontrarse con los dos jóvenes osos frente a ella tanto como ellos se admiraron al verla.

—¡Ay, no me imaginaba que tenía compañía! Por favor, disculpen mi conducta. Yo nunca trago agua de esta manera.—. Su corta cola avergonzada se agachó procurando esconderse bajo el descomunal trasero. —Si algo aprendí en el zoológico fueron modales. Los hombres siempre observaban todo cuanto hacía, ¡y ellos tienden a ser muy criticones! ¡Oh, pero qué despistada soy!—, continuó mientras se erguía sobre sus patas traseras. Su cola siguió el ejemplo saliendo de su escondite y se levantó.

—No me he presentado. Soy Nena Fam*osa*.

Ustedes habrán escuchado de mí... La Fam*osa* Nena del zoológico.—. Ella notó la particular belleza de los cachorros. ¡Guao! y los cachorros se percataron del tamaño gigantesco de ella!

—Gusto de conocerla—, respondió el más grande y mayor de los dos ositos, —Soy Osado y vengo del circo.—.

—¡Qué interesante!—, le contestó Nena. —Y perdóneme, nunca antes había oído hablar de un circo.—.

—Y yo tampoco sabía de la existencia de un zoológico,—, respondió Osado.

—Yo soy Rosado, ¡y jamás había oído mencionar a ninguno!—.

—Pues tenemos mucho de qué hablar,—, dijo ella. —Probablemente nos haremos buenos amigos. Oh, y en efecto, ¿dónde están sus mamás?—.

—A ella se la llevaron en una máquina monstruosa,—, contestó Rosado bajando la mirada a la grama.

—Yo nunca conocí la mía. Pienso que el Hombre la raptó antes de yo tener algún recuerdo de ella,—, prosiguió Osado y le volteó el lomo indicándole no querer seguir hablando del tema.

Entretanto Nena estaba feliz de saber que los cachorros no tenían *estorbos*, es decir, *mamás* (ella de inmediato corrigió su pensamiento) y controló sus impulsos hasta el punto de morderse la lengua para evitar tirarse encima de ellos y lamerlos de cabeza a patas.

Cayó la noche. Nena y Osado habían olvidado los olores, los sabores y las sensaciones del bosque. Parecía como esos sueños que brevemente te visitan y se esconden por temor de ser clasificados como reales.

Estaban cubiertos de rocío y brillaban bajo la luna. Las gotas de lluvia se habían pegado al pelaje haciéndolos lucir como abrigos cubiertos en pedrería. El deseo de Nena de lamer sus pieles ahora tenía propósito.

—Pobres cachorritos,—, aulló ella, —ustedes deben estar frisados. Acérquense.—.

Rosado gateó al lado de Nena y fijó la mirada en Osado esperando su reacción. La osa lamió su frente y procedió con sus mejillas. Pasó su lengua por el cuello y su pecho. Una vez en su vida había probado la miel. Había sido en su décimo aniversario de estadía en el zoológico. Pedro, el cuidandero, se la había servido. Ni siquiera su manjar favorito sabía tan dulce.

—Acércate, Osado, déjame calentarte,—, ella

gemía apuntando su hocico hacia arriba como lo haría un lobo aullando. Osado interpretó aquella actitud como inaceptable y optó por permanecer donde estaba.

—Me gusta el frío. El bosque se ha vuelto caluroso.—.

—Este no es el bosque donde naciste ni tampoco es el mío,—, dijo Nena estrechando a Rosado entre su pecho, —Vengo del Norte y juzgando por tu piel, también tu. Mi madre solía decir que éramos intrusas. Me contó una historia de cómo escapó de su bosque donde nació para alejarse de los taladores de árboles. Escaló montañas gigantescas, cruzó un sinnúmero de ríos hasta llegar a un bello bosque de clima templado. Allí encontró una cueva. El lugar era California y allí nací.

Los cazadores me llevaron de allí y me vendieron porque era una rareza en aquel lugar. Desde entonces, un pedazo de tela la cual el Hombre denomina como *bandera,* del lugar donde nací, lleva mi imagen… según dicen. En ella aparezco adulta, como ahora soy. Esta es otra razón por la cual me clasifico como Fam*osa.*—.

Al terminar su historia, los cachorros roncaban. Nena saltó al lado de Osado. Empezó por su cabeza y bajó por todo su cuerpo lamiendo cada partícula de pelambre. Una vez su lengua estaba rasposa y había tragado cada bolita de lluvia que le cubría, hizo otra ronda con Rosado.

Casi al amanecer, se arrulló entre ellos. Respiró sus alientos y cesó de hacer cualquier movimiento. En su posición como estaba; de lado, ahora sentía los cuerpos de los cachorros. Éstos subían y bajaban con cada respiración que tomaban. Era mágico.

¿Será éste la sensación de ser madre? ella meditaba. *Es más deliciosa que la miel. Bueno; sobrepasa la dicha de haber dejado mi jaula. Me atrevería a decir que es superior que estar aquí en el bosque. Mejor aún, es todo esto envuelto en uno.*

Al llegar la mañana, Nena fue la primera en abrir los ojos. Los cachorros estaban acurrucados a ambos lados de ella. Su estómago gruñía. *No importa,* pensaba, *mi hambre puede esperar todo el día.*

Osado brincó sobresaltado. Abrió los ojos y miró a los alrededores. Sus ojos le mostraban a Nena, a Rosado y al bosque. No era un sueño. Se volvió a echar. No tenía necesidad de levantarse. No habría práctica hoy en el circo. No tendría que ponerse en fila con otros osos y caminar en círculos. No habría multitudes, ni gente observándole; no habría luces centelleantes relampagueando en sus ojos ni ruido. ¡La vida era mejor que nunca!

En una estirada, Rosado abrió sus ojos. Nena estaba a su lado a cambio de su mamá. Dejó caer su pesada cabeza de regreso en la grama.

—Alegre despertar, cachorritos,—, gruñó ella, —hoy nuestra tarea es encontrar una cueva.—.

—¿Una cueva?—, preguntaron los cachorros a

la vez.

— ¿Que hay de malo en dormir afuera?—, protestó Osado.

—Bueno, una cueva sirve para mantenernos abrigados por las noches y almacenar nuestros alimentos durante los días fríos cuando se hace difícil encontrarlo,—, insistió Nena. Entonces se paró y se estiró.

—*No pude dormir anoche,—,* pensaba. Más el aliento de los cachorros lo tenía muy dentro de su nariz y todavía sentía sus cuerpos arrullados a su lado y eso lo compensaba todo.

—Así es; y además, necesitamos una cueva donde hibernar.— Esto tomó un nuevo significado. La posibilidad de pasar el invierno al lado de sus cachorritos. ¿Sería posible? En su pensamiento se empezaba a referirse a ellos como ¡*sus* cachorros!

—¿Quién está pensando en hibernar?—, rezongó Osado.

Estaban cerca de unos matorrales fuera de la pradera. Osado saltó a dirección donde dos ardillas se peleaban por una bellota. Rosado se unió a él. Nena dejó de respirar. No podría haber mejor panorama. La búsqueda por la cueva e incluso su hambre, podían esperar el resto de su vida.

A la tarde el sol quemaba. Los cachorros estaban listos para tomar un descanso. Comprenderás que debido a tanta emoción, los cachorros no sentían hambre. Osado estaba *estrenando* bosque, Rosado disfrutaba de *nueva* compañía, y Nena ignorando su fatiga, *saboreaba* por primera vez fuera de sus sueños, el deleite de ser madre. También se disponía a darles una lección. Frotó su cuerpo contra varios sauces llorones.

—Hagan lo mismo, cachorritos. Esto se llama *dispersar nuestro aroma.* Cuando lo hacemos estamos esparciendo nuestro olor y marcando nuestro territorio,—, indicó ella y esperó a ver la reacción de ellos.

Se contuvo de llorar abiertamente al ver a los cachorros imitándola.

—Pequeños, cuando vaya de caza dejaré un rastro de mi aroma en cada árbol. Si me demoro demasiado en llegar a nuestra cueva, ustedes podrán seguir mi aroma y encontrarme. Ésta es una de las muchas enseñanzas que les estaré compartiendo al igual como mamá hizo conmigo.—. Se estremeció al recordar aquel fatídico día cuando había sido atrapada por el Hombre y llevada al zoológico.

—Mi mamá también dejó su aroma en muchos árboles,—, insistió Rosado, —pero eso fue inútil. Aún así el Hombre se la llevó.—.

—No habrá más tristezas, mi pequeño.—. Nena se detuvo a lamer su frente.

Más allá de la cabeza algodonada del cachorro yacía la quebrada. Su mirada viajó más lejos como lo hizo tantas veces en el zoológico. Siempre deseando descubrir algo nuevo, y esta vez lo logró.

—Oh Gran Osa Parda del Norte, ¿podrá ser?—. Nena lanzó un bramido apagado.

Oculto en medio de sauces llorones, casi invisible entre el revoltijo de ramas, se erguía una cabaña de troncos. Los sauces cubrían el techo y éstos se esparcían por su fachada junto con enredaderas y musgo.

Nena bramó, —¡Síganme!—, y zigzagueó entre los sauces. Entonces se detuvo. Hay momentos que al tomar un respiro pareciera como si la vida apenas empezara. Los cachorros de inmediato se irguieron en sus patas traseras. Nena siguió el ejemplo de ellos. Esta ocasión ameritaba pararse alto, atorar un gruñido, y observar en silencio.

—Cachorritos, encontramos nuestra casa.—. Reverentemente se acercaron a la puerta caminando en sus patas traseras. La cabaña les observaba a través de sus dos ventanas delanteras. De no haber sido por su puerta que hacía tantos años había quedado cerrada, con seguridad se habría abierto de par en par sorprendida ¡y hasta se le hubiera escapado un grito de sorpresa! No era para menos, pues estaba por ser habitada por una familia ursina a cambio de una humana lo cual constituía un cambio sorprendente.

—Háganse atrás para poder abrir la puerta.—.

Con un leve empujón Nena la abrió. La cabaña se estremeció visiblemente indignada, pues no era necesario un golpe y menos de entrada! Nena no necesitó apresurarse. Los tres osos contemplaron los alrededores maravillados ante la mejor *cueva* que cualquier oso podría soñar en ocupar. Lo que una vez fueron tres tiernos retoños ahora eran robustos sauces que se habían dado paso adentro de la casa a través de las rajaduras del piso de madera.

¡Buena suerte si encuentras árboles en una cueva de verdad, o dentro de una casa regular!

La cabaña estaba dotada de dos habitaciones,— una alojaría a Nena y la otra arrullaría a los cachorros— La amplia cocina por el momento lucía escuálida por falta de uso. Al lado estaba un comedor, una sala, el baño, un mirador frente a la quebrada, y la zona que se convertiría en el lugar favorito de Nena: ¡el jardín!

Una vez más el Hombre en el zoológico

exhibía más angustia que los infelices animales enjaulados. Seis señores estaban metidos en un recinto, entre ellos, el director quien miraba fijamente a Pedro. Su disgusto era incuestionable, y su recio agarre a las llaves de la jaula de la osa parda, hacía temblar al vigilante del zoológico.

Aparentaba ser más grande detrás de su escritorio de madera gruesa y exótica, pulida como las uñas de una estrella de cine en una ceremonia de alfombra roja. Cualquiera hubiera jurado que su cabeza calva tenía un moño atado a la coronilla. No parecían ser las últimas hebras de pelo aferrándose a la vida sobre el debilitado cuero cabelludo.

El distinguido concejo administrativo del zoológico allí presente, exhibían rostros serios para estar a la altura del director. La severidad de la situación requería caras largas y ojos sombríos.

—Lo siento, Señor Wolfgang. ¡Esa osa horrible casi me mata!—, empezó a hablar Pedro, —En todos estos años ella demostró tener el más manso comportamiento. Estuvo sin cambios desde aquella mañana cuando de cachorra arribó aquí. ¡Quien hubiera pensado que al hacerse vieja me atacara! Yo le estaba sirviendo una lata de salmón como de costumbre, cuando rugió y…—

—No pierda aire repitiéndose Pedro,—,

interrumpió el director. —Tengo aquí su expediente, —, continuó ojeando las páginas de un portafolios sobre su escritorio, —dice que lo aceptamos como vigilante del zoológico porque usted se sentía a gusto en compañía de animales salvajes. Mi interpretación de ello constituido por muchos años de experiencia en este negocio, es que las bestias no imponían ninguna amenaza para usted. Supuestamente usted estaba preparado para enfrentarse a cualquier eventualidad con una fiera. Su larga trayectoria como cuidandero y domador de animales salvajes en su país de origen, respaldaba mi confianza en usted. Ahora veo que fue un error. —.

—Perdóneme señor…—.

—Usted cuidó de nuestro nativo oso amazónico. ¡Pocos son tan salvajes y horrendos como esa bestia!—.

—¡En efecto!, ¡en efecto!—.

—Y en catorce años de trabajar en el Refugio Salvaje de Centro América, ¡logró mantener un récord sin mancha! Pedro, este es el Zoológico Salvaje del Amazonas. Gente de todo el mundo viene para ver las últimas fieras de la tierra. La osa parda era una de las más raras especies de nuestro zoológico.—.

—Si señor, definitivamente cierto.—. Pedro se veía la mitad de su tamaño. Si hubiera estado detrás del escritorio no habría mostrado sus piernas. Sus pies golpeaban el piso como si estuviera matando hormigas gigantescas. Sus escuálidas rodillas sobresalían de sus rotos pantalones de mezclilla como recordatorio de la sufrida batalla con la osa parda. Llevaba puestos sus rasgadas prendas con el propósito de conseguir simpatía del director. En cambio, estaba recibiendo de él y de la junta administrativa, una mirada gélida y ese helaje le traspasaba sus huesos.

—Nuestra meta es triplicar el tamaño del zoológico y desarrollar un refugio salvaje semejante al de nuestra contraparte de Centro América.—. Continuó el director, —Queremos mostrar lo que el Amazonas ofrece: las más exóticas especies no sólo de Sur América sino también del Norte.—.

—No olvidemos; Nena es la última de su tipo y más nos vale regresarla antes que el circo u otro refugio lo haga,—, remarcó uno de los asistentes.

—Entonces, la pregunta clave aquí es, ¿Quiere su empleo de nuevo, Pedro?—, preguntó el director.

—Ciertamente. Usted tiene mi promesa, señor Wolfgang, traeré de regreso a la osa parda, ¡así me cueste la vida!—.

—Le proveeré de asistentes, de un camión bien equipado para transportarla, y de documentos legales para evitar problemas con la patrulla de camino. Su objetivo es regresarla antes del invierno. Como sabrá, lo osos encuentran los lugares más ocultos para hibernar y una vez se vaya a dormir, tendremos que esperar por lo menos seis meses para localizarla.—.

♥ ♥ ♥

La comunidad del bosque empezó a esparcir la noticia acerca de los nuevos vecinos. Bueno, uno de ellos definitivamente era el animal más grande que jamás habitara el bosque.

Al poco tiempo de los osos establecerse en la cabaña, los animales de cada especie empezaron a espiar a través de la rota cerca de madera. Ésta no solo rodeaba las riquezas que contenía; encima de aquella marchaban otras. Eran hojas caminantes. Algunas parecían tener caras amarillas con ojos verdes y pupilas negras manteniendo vigilancia absoluta en el jardín. Otras semejaban tiernas alverjas dentro de las vainas con patas largas.

Muchos más marchaban en un sitio oculto. Éstos eran sentimientos contrarios dentro de la cabeza de Nena. Oscilaban entre felicidad suprema a desconcertante pánico.

Pensaba, *¿Podría ser posible que una osa tan vieja como yo de repente tenga el regalo de una familia? Nunca quisiera perder esta dicha. Pero el peligro acecha. Podría ser que el Hombre me encuentre y regrese al zoológico. De pronto uno de mis cachorros termine atrapado o devorado por un depredador. Si no es un animal, el Hombre me los puede arrebatar.* Este pensamiento hizo aumentar el tamaño de su ya pronunciada joroba.

—Cachorros, acérquense,—, bramó. Los ositos notaron el repentino cambio en el tono de su voz.

—Pequeños,—, ella enrolló sus labios hacia fuera como saboreando el cálido aire, —hay mucho que necesito compartir con ustedes. Hoy les enseñaré algunas reglas de seguridad y fundamentales códigos de ética ursina.—. Rosado se acostó boca-abajo deseoso de escuchar. Osado se irguió mostrándose desafiante, listo para oponerse a la instrucción de Nena.

—Primero; deben saber que para mi, ustedes son lo más importante de todo. Mi vida solo tiene valor mientras los tenga conmigo. Por tanto, los defenderé de de todo mal.—. Se arrodilló para observar sus ojos más de cerca. —Yo les alimentaré. Pelearé por ustedes. Ustedes serán testigos de muchas batallas que afrontaré para proteger sus vidas.

Pero nunca podrán intervenir.—.

Aquí calló y sentó mirada en Osado. —Porque si lo hacen, pondrán sus vidas en peligro y por lo tanto habrán olvidado nuestra regla más importante. Mientras lucho por ustedes, podría morir. Si esto ocurriera, ustedes continuarán viviendo sin aflicción alguna. Sepan que entregar mi vida por la de ustedes, es para mi un privilegio.

Segundo, recuerden; somos criaturas salvajes, más no somos fieras. Hay una gran diferencia. Nosotros no lastimamos ni peleamos con mamíferos de fuerza inferior a la nuestra.—.

Aquí se irguió y desvió la atención a la quebrada. —Tercero; solo comemos lo necesario para mantener nuestros cuerpos nutridos. Tan pronto estemos satisfechos, dejamos de comer.

Cuarto; acepten mi entrenamiento, comenzando con el llamado para pedir ayuda. Tan pronto estén en peligro de ser atacados por un animal u Hombre: llamen. Háganlo tan fuerte como puedan. No permitan que el miedo asome su espantosa cabeza y los paralice. Llamen. Yo vendré a rescatarlos.—.

Se irguió en sus patas y bramó. Los cachorros volvieron a percatarse de lo enorme de su tamaño. Osado nunca conoció a su mama. Rosado recordaba la suya. No era tan gigantesca como Nena. Tampoco bramaba tan fuerte.

—Ahora los dos: ¡llamen! —.

Naturalmente el *llamado* atrajo a muchos más animales curiosos alrededor de la cerca. Dos monos araña tenían los ojos salidos mirando más allá de la verja. Un puerco espín olfateaba fuerte a la orilla de la quebrada. Dos zorrillos corrían en círculos como empeñadas en morder sus propias colas, y muchas otras especies de animales observaban aterrorizadas. Todos se mantenían a distancia y a la vez deseosos de observar, temiendo acercarse mucho. Bueno, no todos, uno invadió la propiedad metiéndose bajo la verja.

Una vez Nena estuvo convencida de que los cachorros habían tenido suficiente práctica llamando, se dirigió a la quebrada. Los cachorros la siguieron. Nena sabía que ésta era la perfecta oportunidad de enseñarles a pescar. Pero no lo hizo. *¡Eso puede esperar... toda una vida! Mientras dependan de mí los tendré a mi lado,* pensó y pescó. La quebrada se arremolinaba de peces. Uno a uno llevó a las patas de los cachorros quienes estudiaban deleitados erguidos sobre una roca, cada movimiento de ella.

La audiencia animal también observaba maravillados. Esta criatura no solo era el animal más enorme, era si duda, la mejor cazadora del bosque.

Una vez Nena se aseguró que los cachorros ya no comían y a cambio estaban dejando pescados abiertos sobre la roca, dejó de pescar. Entonces comió los seis peces que los cachorros habían abandonado a sus patas.

Mientras se dirigían de regreso a la cabaña, algo rasguñaba el suelo del jardín y arrojaba tierra.

—Nena, ¿qué es eso?—, preguntó Osado e inmediatamente bajó la cabeza, listo para saltar al jardín.

—No Osado, este es mi trabajo,—, advirtió Nena y saltó al jardín. Su peso de novecientas noventa y seis libras hizo estremecer el suelo. Los animales espías huyeron.

Nena se detuvo. En ese momento vio al culpable. Parecía una gigantesca semilla de diente de león. Su algodonada cabeza como temiendo salir volando por el olfateo de Nena, procuró ocultarse debajo de los restos de una gloriosa lechuga. Nena se agachó hacia la criatura, no obstante, antes de poder alcanzarla, ¡Cház! Saltó disparado un despavorido conejo gris y al huir lanzaba una nube de tierra con cada brinco.

—¡Regresa aquí, ladronzuelo!—, bramó ella. Y entonces la cosa más inusual sucedió.

El conejo frenó en seco. Sus largas orejas se volvieron delante de su cabeza, como no dando crédito a lo escuchado.

—Discúlpeme Madam, pero yo no soy un ladrón.—.

—¿No lo es?—, Inquirió Nena mirando el terrible daño de los entornos, y considerando si su dieta no pudiese expandirse para incluir conejo. —Entonces, ¿qué nombre se daría usted?—.

—Hambriento,—, contestó el conejo, —y debo abregar, horrorizado.—.

—¿De veras?—, replicó Nena. Se le ocurrió que no había conocido otra criatura con tan finos modales al expresarse desde que había abandonado el zoológico.

—¿No se le pudo haber ocurrido que la dueña de este jardín podría también tener hambre? ¿y que incluso tuviera otros hocicos para alimentar?—.

En ese momento, un barrito proveniente de los alrededores de la pradera hizo saltar al conejo y aterrizar a las patas de Nena. La osa Parda cuya estatura no le permitía saltar en un solo punto, detuvo una pata a mitad de aire, justo a tiempo antes de aterrizarla sobre el conejo. Los cachorros salieron de prisa al jardín.

—Pequeños, regresen a la casa.—.

Las orejas del conejo se hicieron un nudo por el grito y el retrato mental de verse aplastado en la grama. En un tono de arrepentimiento contestó la previa pregunta de Nena,

—Debo admitir, no consideré que tuviera usted hambre ni que tuviera más hocicos para alimentar.

Y debo agregar, nunca había oído nada bramar de este modo… al menos que, ¡eso haya sido causado por el Hombre!—, dijo el conejo inspeccionando los alrededores en busca de un hueco adonde meterse.

Nena empezó a sentirse tensa pensando en la seguridad de sus cachorros.

—¿Usted acaba de mencionar al Hombre?—, inquirió irguiéndose en sus patas traseras mirando la quebrada y volteando al otro lado para inspeccionar en dirección a la pradera.

—Si Madam, observé algunos de ellos dispersándose por los suelos del bosque cerca de la carretera que desemboca a la ciudad de ellos. Correr por mi vida me hace hambriento. ¡Ellos me aterrorizaron cuando los observé maniobrando esos malévolos pedazos de ramas con las cuales disparan fuego! ¡Muchos miembros de mi familia han quedado sin vida por ellas! —.

—¡Rifles! Así se llaman. Entre a la casa conejo, y quédese con mis cachorros. Me quedaré aquí vigilando.—.

—Ejem, Madam, sólo tengo algo más por preguntar,—, dijo él. Sus orejas permanecían atadas en un nudo encima de su cabeza como un sombrero redondo. —¿Me quedaré hoy con ustedes?—, preguntó observando el tamaño de Nena y pensando en lo segura de su estadía en la madriguera del animal más grande del bosque.

Nena pensó un momento. —Um, de acuerdo, usted será mi invitado hoy. Permanezca en la casa con mis cachorros mientras regreso.—.

¡De locura! Jamás un ladrón de huertas era invitado a la casa de donde había hurtado.

Nena dio de nuevo un vistazo hacia la quebrada y más arriba.

—Mi nombre completo es Nena Fam*osa*, —, dijo extendiendo la derecha de sus grandes patas delanteras hacia su invitado.

—El gusto es mío,—, replicó el conejo ofreciendo su flaca pata frontal, y prosiguó parándose en sus patas traseras con lo que se hizo ver bastante digno. —¡Soy el Conde Mateo Trottingham III (el tercero), a sus órdenes!—.

Nena no pudo dejar de impresionarse del largo nombre para un animal tan chico, no obstante, no tenía tiempo para una conversación larga o corta.

Entonces bramó su llamado.

—¿Qué sucede, Nena?—, Osado fue el primero en salir a la puerta. Rosado le seguía estremeciéndose.

—Me place que hayan contestado mi llamado. Ahora necesito dejarles en casa. Éste es el Conde Mateo Trottingham III; él se quedará con nosotros. Debo investigar quien llama. Vendré pronto. No salgan de la cabaña. ¿Entendido, pequeños?—.

—De acuerdo, Nena,—, dijo Osado.

—No te vayas,—, suplicó Rosado temblando y listo para llorar.

Nena le lamió la cabeza. —La Gran Osa Parda esté con ustedes. Vendré pronto. No olviden, nunca los abandonaré.—. En pocos saltos su cuerpo masivo dejaba la quebrada atrás y se acercaba a la pradera. Rosado lloraba inconsolablemente.

Las orejas del conejo se desplomaron a los lados como si Nena las hubiera pisado. Osado les hizo una mirada severa. —Entremos,—, y en dos saltos y un brinco, estuvieron adentro.

Nena estaba determinada de seguir el llamado.

Caía un aguacero en el momento de cruzar la pradera. Una vez entró al bosque oscuro cubierto por el toldo de ramas, la lluvia solo se oía golpeando sobre los espesos gajos de las copas de árboles.

Una que otra gota de agua lograba colarse entre los ramales. Se sentía húmedo. Sus patas se hundían en el acolchado suelo de hojas podridas. Se detenía cada vez que sus patas se cansaban y para frotar su cuerpo contra árboles. En caso de demorarse en regresar a la cabaña, sus cachorros seguirían su esencia y sabrían dónde estaba.

Al cabo de varias horas, reconoció estar entrando en la zona del Dominio del Hombre. Era una gran extensión de tierra donde los humanos habían talado los preciosos árboles nativos como el abiú, la teca, la caoba y el palo de rosa, para reemplazarlos por eucaliptos y pinos. Su recorrido había tardado medio día de distancia.

Pasando el Dominio del Hombre está su selva, ella pensaba en los rugientes monstruos de metal.

Estando a unos árboles de la carretera, el llamado se hizo más fuerte.

—¿Quién llama?—, preguntó echando un vistazo detrás del tronco de un eucalipto. Éste no daba suficiente amparo a su macizo cuerpo lo que hacía acrecentar su rabia.

—Repito: ¿quién llama?—.

Silencio

—He viajado desde muy lejos y estoy aquí expuesta al Hombre. Quien quiera que sea, usted está abusando de mis buenas intenciones ¡y está sacando lo peor de mi!—.

—Es inútil, —, tronó una voz poderosa.

—¿Quién habla? ¿Dónde está?—, inquirió, y se abalanzó a una colosal roca. —Vine porque usted llamó. Mis cachorros están en la cabaña con un desconocido y pudieran estar en peligro. ¡Identifíquese de inmediato!—, bramó tomando refugio detrás del peñasco. Éste se movió. Nena retrocedió de un salto. La peña profirió un bramido, volvió a moverse y se irguió. Tenía cuatro gruesas patas y un torso casi tan ancho como una Higuera de Bengala.

Su superficie era semejante a la de un viejo tallo de árbol y en su centro brotaba una rama sin hojas. Ésta se encogía y desenrollaba delante de su cara.

Ella se paralizó, no de miedo sino de extrema confusión porque no podía discernir si ¿era una bestia o un árbol movedizo? Y agréguele voz porque aquello se dejó oir en el momento de ella pedirle una explicación.

—Es inútil. Ellos me ataron y me abandonaron, —, aquello dijo.

—¿Quien eres?—, preguntó Nena estudiando al gigante. Unas orejas simulando dos gigantescos abanicos enmarcaban un rostro y se ondeaban para espantar una nube de mosquitos. Su trompa tenía dos protuberancias semejantes a dedos en la punta. A cada lado de aquella salían dos largos *cuernos,* Nena se imaginó, pero tú y yo sabemos que se trataban de colmillos. La bestia colapsó de rodillas y entonces cayó al suelo de lado.

—Mi amo me llama Coronel. Mi especie es elefante. Nací en la sabana del África, pero me trajeron a estas tierras y me llevaron al circo cuando era bebe. Ahora mi amo no me quiere porque estoy muy viejo.—.

—¿Usted dice ser del circo? ¡El mayor de mis cachorros fue traído del mismo lugar!—.

—¿A él también lo abandonaron por ser viejo? —, él tronó.

—Oh no, él es sólo un bebe. Ellos lo trajeron aquí porque él no se sentía a gusto allí y porque quiso regresar al bosque,—, respondió notando un brazalete metálico alrededor de la pata derecha trasera del animal.

—Sólo quiero regresar al circo para vivir con demás elefantes,—. El Coronel abría y cerraba sus ojos. Sus pestañas eran extremadamente largas y lacias. Le recordó las rejas de las jaulas de los animales del zoológico y la negrura de sus ojos traía a su mente el interior oscuro de su celda. Él seguía ondeando su trompa para mantener a los mosquitos fuera de sus ojos.

—No entiendo por qué quiere regresar al territorio del Hombre. Mi cachorrito me relató cosas terribles de aquel recinto llamado circo. Y yo también puedo testificar en su contra. Aquí somos libres. Es acá donde todo animal salvaje debe estar.—.

—¡Yo nunca podré ser libre!—, él se quejó, —¡Permaneceré atado hasta la muerte!—.

Nena no podía creer aquello. —Venga; sígame. Usted podría quedarse en mi casa-cueva. No es muy grande, pero podría alojarse en el mirador. Tiene un techo para protegerle de la lluvia y está rodeado de sauces lo cual le ocultará del Hombre. También tengo un sofá donde podría descansar la cabeza.—.

Nena empezaba a reconocer que el Coronel no tenía consuelo. Se acostó sobre la tierra como si se estuviera muriendo.

—¡Y hay una quebrada donde puede ir de pesca!—, agregó pensando que su larga trompa podría ser una maravillosa caña de pesca y esos cuernos serían perfectos para enganchar pescados.

—Yo no como carne y no puedo ir a ningún lado, estoy atado a esta correa. Solo puedo moverme si mi amo regresa para desatarme.—.

—¡Coronel, no veo ninguna atadura!—.

—Oh, es tan extraño que no lo vea alrededor de

mi cuello. ¡Es más gruesa que mi trompa y bastante poderosa!—.

Nena forzó sus ojos para descubrir la ligazón alrededor de su cuello. Al principio no pudo verla más cuando él alzó su mirada hacia el cielo en el momento de dar su último lamento, la notó. Era un angosto y gastado cordón. Algunas hebras lo sostenían. En cualquier momento los hilos se romperían.

—Coronel, usted puede moverse cuanto se le antoje con esa debilucha cuerda alrededor de su cuello. No es lo suficientemente fuerte para detenerle. —.

—Oh, usted está en un error. Me mantendré aquí hasta morirme. Será pronto.—. Terminó la frase bajando su trompa al suelo.

—No puedo creer que alguien tan fuerte como usted se de por vencido por nada,—, Empezaba a acumular saliva espesa en su hocico. —Usted vendrá conmigo. Párese elefante.—.

—¡No puedo, estoy amarrado!—. Con este grito, cada pájaro que estaba posado en los árboles de sus alrededores tomó vuelo.

—Me estoy exponiendo esperándole y no puedo dejar que el Hombre me capture de nuevo y dejar a mis cachorros desamparados en el bosque. ¡Vamos, he dicho!—.

—¡Es inútil, acepto mi destino!—.

Nena saltó a su lado. Estiró la pata a su cuello. Puso la uña debajo del lazo de donde estaba más angosto.

—¿Usted me va a romper el cuello?—, él sollozó —Hágalo, deshaga mi miseria.—.

Nena metió una garra bajo los hilos más delgados y la tiró hacia arriba.

—¡No se mueva!—, la temperatura de su cabeza subía porque su uña no pudo romper la atadura. Acercó el hocico al cuello y apretó la cuerda con los dientes y haló. Ésta cayó al suelo. —Ya no está alrededor de su cuello. De pie.—.

Nena tomó del suelo las deshilachadas hebras con los dientes. El Coronel las observaba y no podía dar crédito a ello. El laso lo había llevado alrededor de su cuello desde que tenía memoria. Su domador lo había hecho sumiso y entrenado con aquella atadura.

Nena retrocedió con el liberticida apretado a los dientes. Ya no tiraba de él. El elefante se puso de pie. Sacudió la cabeza, encogió y estiró su trompa, se irguió sobre sus patas traseras y tronó como sólo los elefantes pueden hacer al estár inmersos en dicha.

—¡Soy libre!—, lo clamó.

Con lágrimas rodando por las mejillas, Nena

llevó las hilachas del antiguo laso al borde de la calle y las arrojó allí donde toda atadura impuesta por el Hombre debía terminar: en su suelo cementado.

Por todo el camino a la cabaña, el Coronel estampilló el suelo con sus patas olvidándose del dolor de su pata mala mientras batía sus orejas y tronaba,—¡Soy libre!—.

Levantó la trompa en el aire y movió las puntas de la misma saboreando la brisa. Estaba impregnada de humedad, como si las nubes hubieran descendido y absorbido la fragancia y los sabores de los azahares, las guayabas, los mangos, el azaí, las yerbas, y los cedros. Era dulce, pungente; sabía a plenitud.

Agachó su trompa y la extendió a Nena. Ella sabía su intención: darle un "estrechón de pata." *Bastante civilizado,* pensó, debía haber sido por su interacción con el Hombre. Ella se irguió y extendió la pata frontal derecha.

—Mi nombre es Nena Fam*osa.*—.

—Es una alegría conocerla, Nena Fam Osa. Usted ya sabe mi nombre. Gracias por liberarme.—.

♥ ♥ ♥

Mientras Nena y el Coronel estaban por alcanzar la cabaña, Pedro y cinco guardas de seguridad dejaban el Dominio del Hombre y entraban al reino animal a través del bosque cubierto. Los ojos de Pedro irradiaban esperanza. Después de todo, no perdería su empleo. Más bien, estaba por impresionar al Señor Wolfgang llevándole una variedad de mamíferos exóticos, aves, y mariposas. Los colores de los guacamayos y de los tucanes eran los más relucientes jamás visto por él.

Las mariposas eran tan brillantes como si el sol estuviera aposentado sobre ellas. Entre una gran variedad se destacaba una mariposa fosforescente de tono azul real. En cada aleteo despedía una luz tenue como un pedazo de cielo parpadeando.

—Pidan un deseo! Esta es la mariposa Morpho. Los aztecas la llamaban Papalotl. Los indígenas contaban la leyenda de una hermosa mujer quien enceguecida por la tristeza de perder a su amor, se ofreció como sacrificio a un volcán. Daba su vida a cambio de la paz y felicidad de su tribu.

Para llegar al volcán debía cruzar un río regado por una gigantesca catarata. Su pie se tropezó contra una roca y cayó al agua y se ahogó. El volcán estalló celoso pues estaba deseoso de acoger en sus profundidades a la beldad. Por tanto el río liberó el espíritu de la enamorada convirtiéndola en una mariposa y le otorgó el color del cielo. Los indígenas la consideran milagrosa como aquellos que creen en el amor y en el sacrificio,—, Pedro encogió los hombros y escupió. —Por mi parte yo solo creo en la sobrevivencia de los más fuertes. Este es tanto el credo de los animales salvajes así como el de la sociedad humana.—.

Los asistentes de Pedro habían perdido interés en su historia. Estaban absorbidos con la actividad que se arremolineaba en sus entornos. Varios monos capuchinos se mecían de rama en rama semejantes a artistas de trapecio mientras un perezoso se mantenía lejos sostenido fuertemente de sus patas a una rama de palo de rosa, con la cabeza abajo.

—Cuando atrapemos a cuantas bellezas podamos meter en una de nuestras jaulas grandes, iremos más lejos para buscar nuestro premio mayor:

La osa Parda,—, dijo Pedro y sacó la cabeza detrás de un cedro para echar un vistazo a la pradera.

Nena y el Coronel llegaron a la quebrada. La larga caminata había intensificado el dolor de la pata del elefante donde tenía el pesado brazalete de metal. No obstante, no recordaba cuando había sido más feliz. La caída de agua rompiendo en la quebrada y el sol danzando en su superficie, le hizo soltar un barrito semejante a un relámpago y escurrir algunas lágrimas de felicidad.

¿Cómo podría una piscina ser tantas cosas a la vez? Se preguntaba el Coronel mientras recordaba la pequeña alberca donde se bañaba en el circo. Esta era la única actividad que le daba alegría al final de cada día

de correr en círculos, erguirse en sus extremidades traseras, y de poner sus patas frontales sobre otros elefantes. Aquellas actividades a lo largo de muchos años le habían causado el daño a su pata. El brazalete lo recibió al hacerse adulto y lo marcó como propiedad del circo.

—Coronel,—, bramó Nena, su corazón saltaba al percibir la alegría del elefante, —sígame; le mostraré la cabaña.—.

—¡Eeeeh!—, respondió él, —¡Primero tomaré un baño!—. Y se deslizó a la quebrada.

Nena se lanzó al jardín bramando,—¡Cachorritos, llegué a casa!—.

Rosado fue el primero en salir corriendo. La fuerte emoción que transmitía Nena hizo caer al cachorro de bruces. Ella se agachó y empezó a lemerle las mejillas. —¿Ves? Regresé como lo prometí.—.

Osado se irguió al lado de Rosado y esperó.

—¡Cachorro lindo, llegué!—, ella aulló y se sentó a su lado.

—La estoy mirando,—, respondió Osado y saltó a tres pies de distancia tan pronto Nena aproximó el hocico a su cara.

—Traje a otro amigo. Él se está bañando en la

quebrada.—.

—¿Es todo lo que haces?—, bramó Osado, —¿traer todo tipo de animales a este lugar como si fueras la salvadora de todos?—.

—Osado, nuestro amigo estaba pidiendo ayuda. No podía rehusar ese llamado.—.

El cachorro alcanzó la cerca y echó una ojeada. El pelo de su cuello se erizó.

—Trajiste un animal del circo; ¡loca, loca osa parda! ¿Ahora por qué no traes también a su entrenador? ¿Tienes idea de lo que estás haciendo?—.

El bramido del Coronel cesó. El aullido de Osado era más fuerte. La rabia en cualquier dialecto es más poderosa que la alegría. El cachorro y el elefante se clavaron la mirada por largos segundos. Se reconocieron. Uno había sido un obediente miembro del circo; el otro un rebelde. Uno había sido regresado al bosque por sus malas acciones; el otro por viejo. Osado desvió la mirada de su antiguo conocido y se apresuró a la cabaña.

En los días siguientes, los esfuerzos de Nena estaban centrados en alegrar a Osado y de complacer a las dos nuevas adiciones de la familia. Llevaba bastante pescado a la cabaña para ella y sus cachorros e instruyó al Conde a traer una amplia variedad de frutas y vegetales para él y el Coronel. Ninguno de ellos comía pescado. Los dos seguían una estricta dieta vegetariana.

Los aromas de pescado fresco, vegetales y frutas deleitaban a los residentes de la cabaña, más sólo servían para atormentar a las criaturas del bosque quienes no eran invitados a participar en las cenas de ellos.

Pronto los animales empezaron a rondar la cabaña con estómagos rugientes y apetitos alborotados.

El Conde vigilaba para evitar que intrusos invadieran su jardín. No obstante, el esfuerzo de controlar a brutos hambrientos se volvió algo fuera de control.

Corzuelas, zorros, conejos, mapaches, puercoespines, y cerdos salvajes, merodeaban por los alrededores mostrando los dientes como prueba de que estaban bien equipados para el oficio de comer. Otros animales menos agresivos y más prudentes, cautelosos de convertirse en la cena de otro aún más hambriento, se mantenían en guardia desde la orilla de la quebrada.

Temiendo un asalto a la casa y sin poder convencer a los osos de tomar en serio la posibilidad de un ataque, el Conde decidió poner fin a esta desagradable situación. Salió disparado de la cabaña y, en pocos brincos trepó a un guayabo chico sembrado por él recientemente. Desde la copa, anunció:

—Ésta es una casa privada, hogar de cinco miembros muy distinguidos del bosque.—.

—¿Y que?—, alquien protestó.

—Silencio, rufián. Usted no tiene idea con quien habla (sus orejas se doblaron a los lados.) Mi tatarabuelo una vez fue jardinero del palacio de Trottingham y de allí proviene mi apellido. Sangre azul corre por mis venas.—.

—¿Cómo sabrá la sangre azul?—, gritó otro. Varios de la audiencia mostraron los dientes.

El Conde empezó a preguntarse si esto había sido una buena idea.

—Ahora tengo el honor de cuidar este jardín.

Me siento muy orgulloso de mis buenos oficios, y haría cualquier cosa para protegerlo, de modo que... Cualquiera que se atreva a cruzar esta cerca encontrará... encontrará ¡la más dolorosa muerte!—, concluyó, tembloroso.

—¡Uuuh! ¡Muerte a brincos!—, aulló una tercera criatura, y esta vez todos los animales hambrientos bramaron.

El conejo salió disparado a refugiarse en la cabaña, y como si estuviera persiguiendo su propio aliento, advirtió, —¡No digan que no les previne!—, tatareo un segundo antes de saltar a la cabaña y clavarse de orejas en la primera madriguera allende a la puerta.

Al día siguiente, todos los animales del bosque

se congregaron en la pradera para idear un plan estratégico que les permitiera participar de las deliciosas cenas servidas en la cabaña al lado de la quebrada.

—¡Tengo una idea!—, dijo el lobo de crin quien recientemente debido a la escacez de alimento, tuvo que huír de su abierta pampa para refugiarse entre la espesura del bosque donde la comida era abundante.— Nos tomaremos la cocina a la fuerza.—.

—Eso es una tontería, interrumpió la corzuela parda. —Tendríamos una cocina pero nos faltaría hocicos para comer porque estaremos muertos.—.

—No me dejaste terminar,—, continuó el lobo. —Uno de mis mansos congéneres de quien me abstuve de atacar, fue un perro bóxer quien pasaba sus días bajo los pies de su amo. Él me contó algunas historias relatadas por el Hombre.—.

Pausó para pasar la lengua sobre su nariz, —Entre sus muchas leyendas una se destacó y fue de transformación. Según ellos, yo tengo ese poder. Por tanto mi propuesta es: tomemos la cocina en la noche, durante luna llena. De acuerdo a las leyendas, la luna llena produce una reacción en los de mi especie y nos convierte en algo semejante al Hombre. Una vez convertido en hombre lobo, y usando mis manos humanas, *yo* tomaré a los gigantes de sus cuellos.—.

Los animales voltearon los ojos. La corzuela

parda tomó de nuevo la palabra.

—Sugiero que nos acerquemos a la cabaña una vez el hambre haya hecho estragos con nuestra apariencia para, con todo derecho, suplicar por alimento.—.

—¿Pasar hambre para poder comer? Esta idea es aún más estúpida que la del lobo. —el zorro dijo furioso—. Propongo lo siguiente: vayamos a ese jardín, devoremos cada verdura y fruta y destruyamos todas esas bonitas flores.

Tengo entendido que el conejo quien ahora vive en la cabaña se instaló allí un día, destrozó el jardín y, ¡zuáquete! ahora es parte de la familia.

Esta estrategia se llama *entrada a la brava* y siempre garantiza buenos resultados.—.

La vieja y cansada tortuga replicó. —Ellos se apiadaron del conejo porqe los osos suelen hacerlo con ese tipo de criaturas. Ellos no se apiadarán de nosotros. ¡Tu, zorro, te convertirías en una parte del próximo guisado!—.

—Oh pero podemos ser enérgicos,—, continuó un tapir, pensando solo en las riquezas de la quebrada y sin importarle en lo más mínimo de participar en las invitaciones a la cabaña, —escuché un bramido proferido por una enorme bestia, una quien no es de estas tierras. Yo estaba en el bosque cubierto buscando bananos cuando le vi. La osa parda contestó al llamado llevándole a casa. Es todo lo que debemos hacer: Llamar. Sencillamente.

—¿Quién quisiera ofrecer otra opinión?—, preguntó la corzuela.

La tortuga continuó: —Como algunos miembros de la cabaña, también pasé algún tiempo conviviendo con humanos. A ellos les place intercambiar regalos. Esta es mi propuesta: vayamos a la cabaña con espíritu de entrega.

Probablemente a cambio recibiremos aquello que deseamos.—.

Los demás animales aceptaron la idea de la tortuga.

Rasguño, rasguño. Era el sonido de la puerta de la cabaña. Solo Rosado la escuchó entonces fue a investigar.

Al abrir la puerta y mirar abajo, vio un búho sosteniendo un interesante objeto amarillo en su pico. El búho transfirió el objeto a su garra para poder hablar:

—¡Bel dilúculo, micer! Porto péñora de amicicia para neotéricos convecinos.—.

—¡Oh!, ya veo—, dijo Rosado sin entender ni *mu* de lo ululado por el búho.— ¡Nena, hay alguien en la puerta!—.

El ave tomó su regalo con el pico y esperó.

Nena se precipitó al vestíbulo.

La apariencia de un búho al lado del umbral de la cabaña, la sorprendió. No obstante, fue el objeto entre su pico el cual hizo salir de ella un bramido. Éste le hizo al búho soltar el objeto y aletear, más instantáneamente recobró su compostura recordando que él no formaba parte del menú de osos.

—Buenas noches. Traigo un regalo de bienvenida a mis nuevos vecinos.—.

—¡Ay, Gran Osa Parda del Norte!—, Nena se emocionó al recoger del piso un pato de caucho. —Gracias por este bello regalo de fabricación humana. —. Recordó su juguete en el zoológico quien por mucho tiempo le hizo compañía. Y éste tenía letras escritas debajo, igual al del zoológico.

Incluso llevaba las huellas de dientes. ¿Sería *su* patito?

—¿Dígame señor Búho, dónde encontró este objeto?—.

—Esto tiene una interesante historia. Ocurrió en una noche para mí muy productiva. Había encontrado una madriguera de ratones la cual fue un banquete para mi pero me llené antes de comerme los últimos cuatro ratones. Vi un cóndor volando bajo escaneando el suelo por comida. Le obsequié mis ratones y él me recompensó con este objeto. Me contó que viajaba mucho a la ciudad del Hombre porque cuando regresaba, sentía el bosque mejor.—.

—Ah sí, me puedo identificar con él…—, dijo Nena, —eh, disculpe, siga con la historia.—.

—¡El cóndor me habló de un lugar donde el Hombre enjaulan a los animales para ser exhibidos!—.

—¡Qué horror!—, acertó Nena.

—¡Sí, imagínese! Una vez mi amigo se aposentó en la copa de un árbol frente a una de estas prisiones y quiso graznar a una osa en cautiverio que huyera de allí porque ese no era un lugar digno para ningún animal salvaje…—.

—Oh, Gran…—.

—Bien dice usted, ¡mucho menos para alguien grande!—.

Nena empezó a sollozar.

—No se entristezca, ¡esta historia tiene un final feliz! Verá: el cóndor vio huir a esa gran osa parda. Ese mismo día ella salió de su prisión. Se enfrentó a varios hombres armados y se lanzó a un río muy caudaloso. Él la siguió volando por encima de ella más lamentablemente la perdió de vista entre tanta corriente. Pero asegura que está aquí en el bosque, donde pertenece.—.

—Este es mi patito, señor Búho, gracias por traérmelo,—, rezongó Nena.

—Perdón. Repita, no le escuché.—.

—Dije ¿si le gustaría pasar a cenar con nosotros?—.

—Bueno, sólo si usted insiste,—, ululó el búho.

Nena insistió y sosteniendo su tesoro material entre sus dientes, lo llevó a su bañera.

Muy pronto, los demás animales del bosque se apresuraban con regalos para los residentes de la cabaña a la orilla de la quebrada. Esta costumbre de obsequiar regalos y de compartir alimentos se convirtió en el evento de cada noche. Los residentes del bosque nunca antes habían sido tan amistosos entre ellos…ni tan cargados de peso.

4

Por estos días la cabaña de troncos al lado de la quebrada se mecía en actividades. El corredor era una procesión de animales desfilando. Las orejas del Conde Mateo lucían averiadas y sus ojos salidos.

Esto último a consecuencia de mantener permanente alerta para no quedar aplastado bajo las patas de algún animal sobreexcitado. Afortunadamente al lado de los tres sauces del corredor, habían madrigueras. Para salvar su vida, el Conde de un salto se clavaba en la guarida que encontrara más próxima, huyendo de la pata levantada de algún mamífero, lo cual explica las magulladuras de sus orejas.

Clavarse en una madriguera es diferente a hacerlo en una quebrada. Las paredes de las tres viviendas del Conde no estaban ausentes de tierra abultada, raíces despuntadas, y de otras imperfecciones propias de una vivienda bajo tierra.

En cambio, las magulladuras del Coronel eran cicatrices del pasado. Ahora lucía radiante. Demostraba su dicha batiendo las orejas, tronando, y tomando largos baños. Constantemente jugaba con Rosado en la quebrada. Él le bañaba con su trompa y se deleitaba escuchando sus chillidos alegres. Una vez terminaba el baño, el elefante se dirigía al árbol de azaí.

Se complacía de haber sido dotado con un cuerpo pesado. Sacudía el tronco y una lluvia de moras se disparaban al suelo. Rosado, el Conde, y él hacían festines con ellas como también con las guayabas y los maracuyás. Quien faltaba era Osado que se mantenía solo y reacio a involucrarse en cualquier actividad con el Coronel.

Nena también se restringía en participar porque el pensar en su hijo mayor, quien no formaba parte en funciones recreativas, la entristecía.

—Osado, —, ella le llamó. Estaba al lado del árbol de guayaba plantado al oeste de la cabaña. Comía solo. *Ah,* pensó, *Uno de estos días estará pescando, lo sé. ¡Pronto no necesitará de mí!* Contuvo las lágrimas. Siempre debía darle la impresión de ser una madre de casta fuerte para empatar con las cualidades de un cachorro de temperamento valiente como él.

—Pequeño, Rosado estaría mucho más feliz si tú le acompañaras. —.

—¿Haz escuchado alguna vez la descripción de un payaso?—, preguntó escupiendo un pedazo de guayaba que estaba por masticar.

—No.—.

—Es un Hombre que se pone otra cara y se viste en harapos. Pretende lo que no es y hace reír a los demás hombres. Todos le creen bueno pero no lo es. Había una manada de payasos en el circo.—. Pausó y estampilló una guayaba en el suelo con su pata derecha. Lamió su extremidad y continuó, —Dos de ellos odiaban a *las bestias salvajes,* como solían llamarnos.

Claro, los cobardes solo se aprovechaban de los cachorros como yo. Cada día, antes de la exposición de estupideces, irrumpían en nuestras jaulas para hacernos todo tipo de maldades.—.

Aquí Nena empuñó la grama con sus garras y su pelaje del lomo, se erizó.

—Halaban nuestras colas, nos perseguían en círculos y nos arrojaban cuerdas de pescar como si fuéramos peces. Dos veces chuzaron mi lomo con un anzuelo y yo bramé. Los payasos se reían con su particular manera de ensanchar las bocas y estirar sus rostros. Encontraban en ello entretenimiento.—.

—Quisiera haber estado en tu lugar en aquel encierro,—, ella interrumpió y observó su lomo queriendo levantar aquel dolor que sintiera cuando le pincharon con el anzuelo. Pensaba que al hacerlo el sufrimiento como los malos recuerdos se borrarían.

—Reconozco un payaso cuando le veo. Puede ser un gigante pretendiendo ser pequeño. Una fiera actuando amistosa, o como las vemos en todas partes, hormigas chiquitas simulando ser inofensivas y sin embargo, devoran todo cuanto pisan.—. Se irguió y se lanzó al mirador. —Tenemos compañía, quizá quieras adoptarle también.—. Saltó al mirador y se acomodó en el sofá. Fijó su mirada a la quebrada y esperó.

Había mucho daño en su cachorro lo cual Nena debía reparar. Se apresuró a la quebrada. El Coronel estaba debajo de la caída del agua. Rosado gateaba por su lomo, y la trompa del Coronel seguía sus patas. También se percató en el agudo chillido de su cachorro mientras miraba al frente. Siguió su mirada.

—¡Gran Osa!—, gritó. A la orilla de la quebrada había un oso de la raza de Rosado. Era enorme. *Esto justifica el miedo de ellos*, pensó Nena.

El oso gateó a la quebrada y primero observó el agua, después al Coronel, y por último, a Rosado.

—Ellos son mi hijo y mi amigo,—, ella advirtió.

—Sólo ese cachorro pertenece aquí,—, él dijo sin mirarla, —usted, el gigante, y aquel quien observa desde el aposento del Hombre, no pueden continuar viviendo en este lugar.—. Atrapó un gran pez; uno jamás pescado antes por Nena.

—Este es un pescado nativo. Le llamamos Bacú,—, dijo insertándole en el aire con sus garras delanteras. Su maestría era admirable. Ella penso, *¡Después de todo no soy quien mejor pesca!* ni pudo contener sus celos.

—¿Qué clase de oso es usted?—, preguntó Nena porque enterarse de la raza de su hijo tenía prioridad sobre defender de inmediato el derecho de ella y de su familia de estar allí.

—Soy de la raza amazónica,—, somos los únicos osos nativos de esta región. Esta es nuestra tierra. Esta es mi quebrada. Usted está invadiendo mi zona.—.

—Ningún animal tiene libertad de clamar un territorio. Mi familia, amigos, y yo tenemos potestad en esta región y a esta quebrada tanto como usted.—.

—Ustedes no tienen derechos. El Hombre los botó como lo hacen con su basura,—, bramó el oso devorando el pescado en un sólo sorbo. —Mi casta y el resto de los nativos nacimos y moriremos aquí. Esta es nuestra tierra y peleamos por ella.—.

—Mi hijo amazónico tiene el mismo derecho de mi otro hijo y el de mi amigo de vivir en este bosque. Cualquier circunstancia que nos haya traído aquí no debe importarle a ningún nativo.—.

—¿Hay algún problema, Nena?—, bramó Osado. Estaba a su lado y ella no había notado su aroma. No obstante, sí se percató del Conde Mateo Trottingham III, quien se escabullía debajo de una pila de hojas caídas de sauce llorón.

—Pienso que a este individuo le podemos llamar payaso,—, susurró ella. —Entra a casa con Rosado. Recuerda la regla de no intervenir mientras me enfrento contra un enemigo en potencia.—.

—Me quedaré,— gruñó osado.

El oso amazónico saltó a la orilla de la quebrada donde Nena se erguía. Sacudió el agua de su pelaje y bramó, —Tome mi visita como una advertencia,—, y soltó carrera.

A lo largo del día la atmósfera en la quebrada era tensa. Varios animales quienes habían sido informados por curiosos acerca del visitante, fueron a comentar. Todos estuvieron de acuerdo que el oso amazónico era un asesino tan peligroso y temido a la par del jaguar y la pantera.

El Conde estuvo ocupado colectando frutas del suelo y castañeteando los dientes.

El Coronel se mantuvo en la mitad de la quebrada para permitirles a todos los animales beber sin su intromisión. Sentía inminente el ataque del intruso oso.

Ese día Nena pescó abundantemente. Quería encontrar el mismo pez agarrado con tanta maestría por el oso amazónico. También practicó insertando con las garras los peces en el aire como había hecho el nativo, pero desdichadamente no pudo.

Los cachorros estaban en el jardín manteniendo distancia de las ocurrencias en la quebrada.

—Buen momento para mantenernos alejados, —, gruñó Osado, —¿Qué te parece si damos una vuelta por la pradera?—.

— ¡Sí, probablemente encontremos una ardilla para corretear! —, dijo Rosado.

Era obvio que Osado había extrañado la compañía de su hermano a pesar que sólo había estado sin ella por unas horas. Volvió a echarle un vistazo a la quebrada. El gigante del circo disparaba agua hacia arriba con su trompa imitando ser una fuente. Su actitud era igual a la de un payaso. *¡Un estúpido payaso!* Meditó él.

—Espera, Osado, no olvidemos dejar nuestra aroma,—, insistió el cachorro deteniéndose ante un sauce y listo para frotar su cuerpo sobre el tronco.

—Eso no importa; Rosado. Ellos ni se enterarán que faltamos.—.

Rosado vaciló por un momento pero cedió al deseo de la aventura, y soltaron carrera hacia la pradera. Uno estaba sobrecogido de alegría, el otro estaba cegado de rabia. Las emociones de ambos eran tales que mirar hacia delante no entraba en sus mentes. En cambio, corrieron mirando el suelo.

Después de dos días de búsqueda, Pedro y sus dos acompañantes acechaban delante de ellos. Se refugiaron detrás de tres cedros a la salida del bosque cubierto. Sus ojos estaban fijos en el más raro de los dos cachorros.

Al menos que mis ojos me defrauden, ¿ese no es

un osito Negro?—, preguntó Pedro.

—Pues, ¿son los osos negros, blancos?—, inquirió uno de los asistentes del zoológico. Entre ellos Pedro era el más instruido al menos en materia de animales.

—¡Mira detenidamente! Su pelaje es color crema. Pertenece a la especie de Osos Negros. Son la nata de la leche; feroces ¡y con un alto precio!—, aseveró Pedro, —Los indios americanos les llama el Oso Espíritu.

De acuerdo a sus cuentos, el Creador del universo les hizo de este color para recordarle a la gente del sufrimiento de la Era de Hielo, la época en que el mundo estaba cubierto de nieve y de hielo. Estos osos son oriundos del bosque canadiense de la Osa Mayor. El Señor Wolfgang definitivamente me dará un aumento de sueldo si le presento este espécimen. ¡De prisa, traigan la red!—.

Dos hombres esculcaron dentro de una descomunal bolsa de mezclilla depositada en el suelo a unos pies detrás de Pedro.

—¡Rápido, dije!—, ordenó Pedro. Uno de ellos tiró una bola tejida del tamaño de una pelota de piscina.

Pedro desanudó la bola y apuntó adelante. Los cachorros estaban aproximadamente a doce pies de distancia. Pedro arrojó la red y una gigantesca araña se abrió en el aire encima de los cachorros. Aterrizó. La pata izquierda trasera de Osado quedó capturada pero en un instante la liberó. No obstante, Rosado quedó completamente debajo revolcándose y chillando como sólo un cachorro podría al encontrarse sobrecogido por el terror. Una ráfaga de bombas se propulsó de su hocico.

—Rosado, ¡rompe la telaraña con tus garras!—, bramó Osado mientras burbujas se formaban dentro de su hocico. Sus ojos azules estaban dilatados. Circuló alrededor de su hermano y mordió una orilla de la red. Sin resultados.

Mientras tanto Pedro gritaba, —Tírenme la otra red, ¿no se dan cuenta de lo sucedido?—. Uno de los hombres le lanzó otra bola tejida. La arrojó al aire. Pedro maldecía y sudaba. Osado bramó y corrió lejos del Hombre donde Rosado había caído víctima.

—¡Rosado, traeré a Nena!—, él bramó.

No había llegado a la quebrada cuando casi tropieza contra ella. El pelaje de su lomo estaba de punta mientras retrocedía observándole y tan agitada que dentro de su hocico abruptamente se formó un montón de espuma similar a aquellas hirvientes de la lava de un volcán en erupción. Ésta había sido la misma reacción de Rosado al ser capturado e igual a la de Osado al ser testigo de su captura.

—¡Osado, les estaba llamando! ¿Donde está…—.

No había terminado su bramido cuando Osado a interrumpió, —El Hombre lo atrapó,—, sus ojos se tornaron vagos. El dolor era abrumador, tanto como su remordimiento.

—Quédate con el Coronel. Yo lo regresaré,—, susurró. El desesperante bramido quedó atorado en su garganta.

—¡Nena, necesito guiarte hacia donde él está!—.

—No! quédate a salvo. Su esencia me guiará. —.

—¡Él no dejó rastro de ella!—.

—No es necesario. Donde quiera que esté, le encontraré. Que la Gran Osa Parda esté contigo.—. Corrió. Alcanzó la pradera a la mitad del tiempo que usualmente se tomaba. Sus patas parecían livianas. Saltaba sobre arbustos con facilidad. Ni una sola vez sintió dolor en sus extremidades.

Existen muchos tipos de magia. Para hablar de ellas es necesario explicarlas así como tus maestros te instruyeron a sumar, a restar, a leer, y adquirir otras habilidades escolares las cuales aunque ahora no lo creas, te servirán para librarte de una de las peores aflicciones del Hombre: la mediocridad.

La magia que aquí atañe es una de naturaleza invisible porque no tiene números que se puedan sumar o restar. No se lee ni se recita como un poema o un cuento. Esta magia es la más poderosa de todas. Cuando te llenas de ella, es semejante a un abrigo invisible de invierno: Caluroso, resistente, y cargado de energía. Es amor. Si Nena no hubiera llevado esta capa sobre su pelaje, nunca hubiese podido arriarse por la pradera como lo hizo, desafiando su vejez y dolencias del cuerpo. Su refinado sentido del olfato tampoco hubiera detectado la ubicación de Rosado y ella mucho menos hubiera podido enfrentarse a su más temido enemigo como estás por atestiguar.

Rosado seriamente estaba resuelto a devorar la red que le envolvía. Tenía el peso de la aflicción, la desolación, y la tristeza. A intervalos pensaba en el bosque, en su mamá, en su vieja cueva, y después su pensamiento se desplazaba a Nena, Osado, la quebrada, y la cabaña. Súbitamente la imagen mental cambió, ahora observaba su propio reflejo sobre la superficie del agua; aquello que viera el día cuando su mamá fue atrapada por la máquina monstruosa. Y obedeciendo la manera como trabaja la mente, la cual trae a la superficie imágenes al azár, pensó en ese pececito anaranjado que ondeó el agua y borró su reflejo aquel día. Esto produjo una serie de gritos, bramidos, sollozos, con la ocasional revolcada y lanzamiento de patadas procurando con ello liberarse y hacerse escuchar más allá de la red y de sus alrededores metálicos. Estos entornos le correspondían al compartimento frontal del camión del zoológico donde había sido metido.

Pedro y sus hombres habían terminado de almorzar y de echarse una siesta. No parecía estar satisfecho con la cantidad de animales atrapados por él y sus hombres.

—Once tucanes, cuatro loros, dos guacamayos, tres monos capuchinos, un montón de mariposas, y un osito amazónico,—, dijo Pedro. Estaba mirando por su espejo retrovisor antes de salir a la carretera donde había estacionado el camión.

—El señor Wolfgang no estará conforme. Es más, él va a…¿a, qué?—, fijó sus ojos en la carretera. Nena se acercaba a toda velocidad. Los ojos de Pedro por poco se salen de sus cuencas al observarla. Bajó la ventanilla. Ella bramaba.

—¡Es Nena! Chicos, ¡la osa Parda está corriendo hacia nosotros!—, gritaba Pedro.

Era evidente que Rosado había sentido su aroma y aullidos. El cachorro aumentó la intensidad de sus chillidos y bramidos y empezó a golpearse contra la pared del camión. Los animales se enloquecieron.

—Si no supiera nada sobre el comportamiento animal, de todos modos, adivinaría que ¡este cachorro conoce a la osa parda! Escuchen esos bramidos.—. Volteó hacia su monitor el cual le revelaba el interior del camión. Una cámara filmaba encima de los compartimentos. Mostraban a Rosado sacando la nariz por las angostas aberturas de las ventanillas de ventilación de la puerta trasera.

—Abriré la puerta, —, él dijo.

—¿Estás seguro de esto, Pedro?—, preguntó uno de sus ayudantes.

—Por supuesto, y también bajaré la rampa,—, prosiguió hundiendo un botón. —¡Así es mamá, ven por tu cachorro!—.

Nena saltó encima de la rampa. Sus novecientas noventa y seis libras de peso rompieron las bisagras y la plataforma se desplomó contra el pavimento produciendo un ensordecedor estruendo metálico.

—¡Aaah!—, gritaron los hombres.

—Esta osa Parda me ha costado bastante dinero, —, se quejó Pedro. Se aseguró que Nena estuviera adentro antes de cerrar la puerta hundiendo otro botón. Mientras manejaba de prisa, vio a través de su espejo retrovisor la plataforma tirada sobre la carretera.

—No hay problema, osa Parda, usted vale más que cualquier cosa en este camión y en todo el zoológico.—.

—¡De locura! Esa osa entró derechito al camión,—, dijo el otro asistente. Estaba rascándose el brazo, —El jefe no necesita saber verdades, ¿cierto? ¡Tuvimos una pelea sangrienta con la osa!—, examinó su brazo. Estaba rojo. Temprano había sido picado por zancudos. Éstos y sus uñas habían dejado hileras de sangre en la piel y un mentiroso podría asegurar que aquellas marcas habían sido las huellas producidas por las garras de un animal.

—Ey, jefe,—, llamó el otro acompañante, —necesito ir al baño. ¿Cuánto hay de aquí a la estación de patrulla?—.

—Cinco millas. ¡Y mi carrera profesional se está adelantando a cien kilómetros por hora!—. Pedro soltó una carcajada y revisó el monitor. Nena sollozaba mientras mordía la red donde Rosado estaba atrapado.

—Te liberaré mi cachorrito, mientras esté viva, ningún Hombre te robará tu libertad.— .

Delante de ellos un hombre con uniforme de policía ondeaba sus brazos. Pedro detuvo el camión.

El uniformado se dirigió a la ventana del conductor.

—Somos del zoológico, oficial,—, aseguró Pedro.

—¡Documentos!—, gritó el señor ojeando las sillas de los pasajeros.

Pedro le entregó el carnet de identificación del zoológico. El hombre lo tomó y se dirigió al lado del camión. Echó un vistazo a través de las rendijas de las ventanillas de ventilación.

—¡Oug! —, bramó Nena. Tenía su hocico pegado a la ventanilla donde el oficial estaba mirando. En un salto retrocedió y mandó la mano a su ojo y le restregó. Nena había escupido. Había echo volar la furiosa baba de madre herida.

Por horas eternas Osado y el Conde esperaban a Nena y a Rosado en el zaguán. La espera se hacía más larga a medida que su temor escalaba. El Coronel a cada rato asomaba la cabeza por la ventana de la cabaña y tronaba preguntando por qué ellos se estaban demorando tanto, como si el cachorro y el conejo supieran.

Entre tanto, en la estación, el oficial maldecía con palabras que no vale la pena mencionar. Su indignación se combinaba con terror. Ésta es siempre una mala combinación, especialmente cuando alguien tiene un empleo tan de alta autoridad como aburrido. Imagínate si fueras el oficial. El clima del Amazonas es caliente y húmedo. Agrégale que además el sol te estuviera arrojando lava sobre tu cabeza, y como extra, un segundo antes, una osa te bramó y escupió saliva en el ojo, ¡sería suficiente para convertirte en un volcán a punto de explotar!

Él puso una cara seria y examinó los documentos. Entre ellos había una licencia de propiedad de una osa parda proveniente de California de Estados Unidos de América. La misma que bramaba y le había dejado el ojo irritado. Para empeorar las cosas, los pájaros dentro del camión no trinaban sino graznaban a todo pulmón, y los monos capuchinos golpeaban las paredes y gritaban, aumentando el caos.

—Usted tiene un camión lleno de animales,—, dijo el oficial rascándose el ojo, —muéstreme el permiso para cada uno de ellos.—.

—Sólo tenemos el de la osa parda,—, dijo Pedro y se inclinó para buscar su billetera en la guantera.

El oficial fijó su mirada en el monitor. —Espere,—, había cambiado de tono, —¿Acaso tiene otro oso en el camión?—.

—Ah si, es sólo un cachorro,—, indicó Pedro.

—¿Es uno amazónico?—.

—Ciertamente oficial.—.

—Sáquelo.—.

—¿Cómo puedo semejante cosa, oficial?—, preguntó Pedro. Su rostro había palidecido, —Hay una osa parda enloquecida adentro,—,susurró quizá temiendo ser escuchado por ella.

—¿Está la osa parda en un compartimento separado?—, preguntó el oficial alcanzando un pañuelo dentro de la visera de sol.

—No señor, ninguno de los osos lo están.—.

—Necesito revisar todos los animales del camión. Habrá una gruesa multa si no me muestra permisos para todos,—, él aseveró rascándose el ojo con el pañuelo. —Para hacer una inspección, los osos tendrán que salir. Abriré la habitación de reclusión donde metemos a los animales grandes. Conduzca a la parte trasera.—, dijo señalando la parte posterior del edificio.

Pedro maldijo y retrocedió el camión. Uno de sus asistentes estaba afuera señalándole hasta que el camión topó la pared del edificio. Él asistente no quería dejar ni un espacio donde Nena pudiera sacar una pestaña. El portón del camión subió y la angosta puerta del reclutamiento de animales, se abrió.

Nena estaba ansiosa de dejar el diminuto encierro. Sin una plataforma, ella saltó al piso de concreto. Sus patas se lastimaron. Habían adquirido todo el peso del mundo. También era bastante diferente saltar sobre los blandos suelos del bosque que en los pisos duros hechos por el Hombre.

Rosado brincó con facilidad. El motor del vehículo chirrió. Retrocedió unos milímetros y una gruesa puerta como aventada por una misteriosa fuerza, selló la habitación. Nena estudió los entornos.

Había en el piso cuatro montículos cubiertos de pelaje de animal.

Una ventana daba al interior de la oficina donde otro oficial hablaba por teléfono. Arriba en el cielorraso un bombillo colgaba de un cable. Al otro lado del aposento había una ventana chica la cual daba al exterior y era demasiado pequeña para que Rosado cupiera por ella. Nena continuaba inspeccionando sus alrededores.

—¿Nena, que va a pasar con nosotros?—, sollozó Rosado.

—Pronto dejaremos este lugar,—, aseguró ella olfateando el aire.

—¿Pero cómo vamos a escapar de aquí? El Hombre nos ha aprisionado,—, Rosado empezaba a llorar. —Estamos atrapados como hicieron con mami.—.

Nena le lamió la frente. —Te hice una promesa: pronto dejaremos este sitio.—.

Afuera el oficial estaba colectando su propina porque Pedro no tenía más permisos. Podía irse con el camión lleno de animales y con Nena, más no con el cachorro.

El oficial les mostraba el decreto escrito en papel amarillento y roto donde estipulaba que los osos amazónicos no podían sacarse del bosque.

Eran animales protegidos debido a su bajo número.

—Aunque,—, dijo el oficial, —cada animal tiene su precio, incluso aquellos prohibidos por la ley. —.

—¿Cuánto me costará?—, preguntó Pedro, sus ojos centelleaban de anticipación.

La negociación tomó varias horas afuera de la oficina entre una nube de humo de cigarro. Pedro estaba por comenzar su quinto cigarrillo de la noche. El otro oficial quien hablaba por teléfono, se dirigió a la ventana de la celda de reclusión. Luchó por respirar al ver a Nena.

—Me voy a casa ahora,—, dijo él y salió apresurado. —Ah, y dejaré la puerta abierta para usted. —.

Nena no había dejado de estudiar sus alrededores y de olfatear el aire. Escuchó el motor encenderse de la máquina rodante, su estallido, y las llantas chirriando contra el camino empedrado. Sabía que esta era la oportunidad esperada.

—Hazte a un lado pequeño, y cualquier cosa

que haga, no chilles,—, ordenó y retrocedió varios pasos. Estudió la puerta. Exitosamente había abierto dos de ellas en su vida. Esta sería la tercera.

Tomó la postura de batalla; fijó la mirada en aquella barrera que le estaba robando su libertad y la de su hijo, tomó impulso y de un salto, golpeó la puerta con sus patas frontales. Cayó de espinazo y aulló de dolor, no obstante, la puerta se mantuvo igual.

Los montículos de pelaje se estremecieron. Uno de ellos empezó a erguirse.

—Es inútil; la puerta está demasiado pesada, —, bramó Nena y volteó su atención a la ventana grande. —Cachorrito, quédate contra la pared.—. Una vez Rosado estaba retirado de ella, Nena se irguió en sus patas traseras y se abalanzó contra la ventana profiriéndole un golpe tan poderoso como aquel que diera cuando abrió la jaula del zoológico. El vidrio explotó. Sus patas sangraban. Aquello delante de ella era un espacio abierto.

—¡Rosado, ven aquí de inmediato!—, ella ordenó. No obstante, saltó para agarrarle. Con sus dientes le asió de la suave piel del cuello. Se abalanzó a la ventana y lo arrojó al vacío. Él aterrizó sobre el escritorio.

—Ven conmigo,—, Rosado chilló.

Ella sacó su cabeza y empujó su cuerpo adelante con toda la fuerza de una osa parda y el deseo vehemente de una madre de estar con su hijo. Más el ancho de la ventana era demasiado angosto dejando sus hombros atorados a cada lado entre el vidrio roto.

El oficial, Pedro, y dos asistentes entraron a la oficina. Nena tronó un poderoso bramido. Era el más largo jamás proferido por ella. Los hombres estaban tan perplejos de ver el vidrio roto y el cachorro corriendo en círculos dentro de la oficina como lo estaban de escuchar el bramido, la horrorífica visión de la cabeza de la osa parda fuera de la ventana rota, y la sangre de sus hombros lacerados disparando por todas partes como un rociador roto. El dolor de Nena se manifestaba en un aullido similar a una sirena dañada del camión de bomberos.

—¡Rosado corre, corre de regreso al bosque! —, alariaba Nena.

Uno de los montículos que estaba irguiéndose dejó de moverse y tronó, —Huelo a mi hijo; escucho sus berridos.—.

Nena retrocedió de la ventana y volteó su palpitante cabeza hacia donde estaba saliendo los bramidos. Una osa amazónica se erguía frente a ella. Nena volvió su mirada hacia la oficina. No podía imaginarse algo más aterrorizante. Los hombres saltaban por todas las direcciones con la intención de bloquear la salida de Rosado. Pedro se volvió a la puerta y abrió los brasos listo para atraparlo. Rosado chocó contra una de las patas de una silla y revotó contra otra del escritorio. En ese instante, sus ojos despavoridos le mostraron un espacio abierto y se lanzó a aquel.

Era el espacio entre las piernas de Pedro y entre ellas, el cachorro escapó.

—Ese es mi bebé,—, bramó Nena, —Ve derecho al bosque sin volver la vista atrás.—. Volteo su cuerpo hacia la osa amazónica. Ciertamente su tamaño era la mitad del suyo.

—Usted es la madre de Rosado,—, dijo irguiéndose en sus patas traseras.

—Sí,—, respondió ella observando los hombros sangrientos de Nena, —he estado aquí por un tiempo. La mayor parte he estado durmiendo.—.

—El Hombre la ha puesto a dormir. Ellos hacen eso cuando inyectan la piel,—, dijo Nena. —Yo no puedo dejar este sitio pero usted si puede. De prisa, vaya tras de Rosado. Llegue al bosque. Y lo más importante, hágase también madre de su hermano.— Nena se hizo de lado para dejarle la ventana a sus anchas. —¡Salte!—, ella ordenó en un bramido ahogado.

La osa amazónica hizo un salto limpio. Todo el vidrio roto que enmarcaba la ventana no le hizo ni un rasguño. Nena cayó al suelo. Estaba malherida aunque las heridas de su cuerpo no estaban a la altura de las de su corazón. Por segunda vez, su existencia se reveló ante sus ojos. Era todos los recuerdos acumulados de sus cachorros.

Los sucesos anteriores a su encuentro con ellos no ameritaban ser recordados porque su vida había empezado con sus ositos y ahora terminaba sin ellos.

Al juzgar por los gritos y las maldiciones proferidos por los hombres, Nena sabía que la osa había escapado. Gateó hacia los otros montículos dejando una hilera de sangre. Olió uno y después el otro. Apestaba a muerte. Era inútil averiguar la clase de animales que habían sido.

La osa amazónica pronto alcanzó a Rosado. Él estaba chillando y gateando debajo de un matorral al lado de la carretera.

—Rosado,—, ella llamó y esperó su respuesta.

—¿Nena?—, preguntó él mirándole con incredulidad.

—¡No, es tu mamá!—, bramó ella acercando su rostro frente a él.

—¡Mamá!—, chirrió él y colapsó ante sus patas. —Regresaste.—. Su voz se oía débil.

—Fuiste también atrapado. Te advertí tantas

veces que te mantuvieras lejos del Dominio del Hombre.—.

—Debo salvarla, mamá.—.

—Olvídate de ella. ¡Regresaremos a nuestra cueva!—.

—No mamá, tenemos una nueva. Está al lado de la quebrada y Nena, Osado, el Conde Trottingham, y el Coronel viven allí. ¡Necesitamos regresarla!—.

A lo largo de su viaje, Rosado insistió en retornar a la cabaña al lado de la quebrada. Aún más importante, suplicó en rescatar a Nena. Fue la quebrada la motivación por la cual la mamá de Rosado llegara allí. Estaba exhausta y con sed. Tan pronto vio el agua, se lanzó a ella.

Rosado apenas estaba cruzando la pradera. Cada uno de los músculos de su lomo estaba hecho nudos. Osado siguió su aroma.

—¡Rosado!—, él bramó —¡regresaste!—. Rosado cayó de barriga. —¿Dónde está Nena? ¿Dónde está ella?—.

Más que explicar lo ocurrido, Rosado sollozaba. No importaba porque no necesitó de mucho esclarecimiento para Osado entender la severidad de la situación.

—Rosado, quédate en casa con el conejo, ¿entendido?—, su bramido parecía una amenaza.

—Sí y también me quedaré con mamá.—.

—La regresaré,—, Osado prometió. Se encorvó y con sus dientes levantó a Rosado de la piel de la nuca. Sus patas arrastraban el suelo. Le dejó al lado de la cerca del jardín y llamó, —¡Coronel!—.

Él nadaba al lado de la cascada. Acababa de percatarse de la nueva osa quien tomaba un baño en el momento de escuchar el llamado de Osado.

—Coronel, debemos dirigirnos al dominio del Hombre. Atraparon a Nena,—, el cachorro alarió y se consumió en la quebrada. Empujó a la mamá de Rosado al pasar por su lado nadando bajo agua. Se detuvo ante el elefante y dijo, —¿Qué tan largo puedes caminar? —.

—No sé. Tengo una pata dañada, soy muy viejo y…—, sus orejas se ondeaban al hablar.

—Y,—, interrumpió Osado, —también fuiste un esclavo en el circo. Vamos. Voy por su pato para alegrarla.—. Osado se sumió en el agua y nadó. A la otra orilla, se agitó al lado de la mamá de Rosado quien se acababa de sacudir el agua de su pelaje. La osa gruñó.

—Él es mi hermano Osado,—, dijo Rosado. Su mamá respondió con otro gruñido.

El Coronel llegó a la orilla y se revolcó en la tierra hasta embadurnar su cuerpo en ella. Una vez Osado regresara con el pato de goma, le explicó que él hacía esto para proteger su delicada piel del sol. Necesitaba protección para la travesía.

El viaje era mucho más largo con alguien que caminaba lento y se echaba frecuentemente.

El temperamento de Osado como la temperatura, continuaba subiendo. Frecuentemente acusaba al Coronel de ser un payaso, una perezosa bestia, y un cobarde.

—Sólo soy un animal viejo con una pata dañada,—, a veces contestaba el elefante, aunque casi siempre guardaba silencio.

De noche finalmente llegaron a la estación. Rosado había descrito bien el edificio. Echaron un vistazo por la ventana. El oficial hablaba esto por teléfono:

—No hay manera en este mundo que la osa pueda caber por la ventana. Usted no tiene por qué preocuparse. Estoy esperando una multa adicional para cubrirnos los dos.—. Llevó los dedos al bolsillo de su camisa. Sacó un cigarrillo y un encendedor. Tan pronto prendió la mechera, el Coronel bramó. El oficial saltó de su silla. —Un momento, señor, hay algo acechando afuera. —, dijo y empezó a buscar una linterna.

—Te dije que te mantuvieras en silencio,—, susurró Osado, —ahora de prisa, escóndete detrás de aquel matorral.—. El Coronel se apresuró hacia una fila de arbustos plantados alrededor de la estación. Fue aquí cuando el dolor se agudizó en su pata mala. Momentos después el oficial fijó sus ojos afuera a través de la ventana y encendió su linterna. Una vez la luz cesó de alumbrar, el Coronel siguió con su paso torpe.

Osado llevaba la delantera. Cuando alcanzaron la puerta trasera, respiraron profúndamente.

—¿Eres tú, Osado?—, susurró Nena, deslizando su hocico debajo de la puerta.

—Sí Nena. ¿Qué te han hecho?—, Osado se acurrucó ante la puerta. A los lados de ésta dos puntos de luz se daban fuga y en el centro estaba la sombra del inmenso cuerpo de Nena.

—Ellos aún no me han hecho nada. No debiste haber venido, cachorrito.—.

—Estoy con el Coronel,—, él dijo aruñando la puerta.

—Lo se; le escuché. Él también corre peligro. —. Ella introdujo su hocico por debajo de la rendija. —Él no puede caminar mucho y lo peor; es imposible que se oculte. Regresa a casa,—, sollozó ella. —Pero antes, introduce tu hocico por la hendidura.—.

Por primera vez Osado no vacilaba en satisfacer un deseo de Nena. Deslizó su hocico debajo de la puerta. Nena le lamió tantas veces como si estuviera devorando agua.

—Tú y Rosado me enseñaron lo que se siente ser madre. Es como un volcán derramando miel, dicha, y dolor a la vez. No importa las hazañas del Hombre contra mí, Él nunca me arrebatará esto.—.

—Te llevaremos con nosotros,— gruñó él.

—Shh,— advirtió ella, —el Hombre ha regresado a su escritorio. Estoy escuchando su conversación.—. Ella gateó y se apoyó contra la pared de la ventana rota. Cada vez se movía, más pedazos de vidrio se clavaban dentro de su piel.

—Le expliqué al vigilante del zoológico acerca de los riesgos. No se preocupe, señor, la vamos a sedar, —, aseguró el oficial.

Nena gateó de regreso a la puerta y con sus patas y nalgas barrió con ellos, más vidrios rotos y susurró, —Ay no, el Hombre quiere ponerme en hibernación forzada. Ellos hicieron lo mismo con tres que estaban aquí. Sólo una sobrevivió. Quizá yo no.—.

—Ni piense en darse por vencida. Usted dejará este encierro,—, aseveró Osado.

—Aquí te traje tu pato,—, continuó él y le arrojó el juguete al piso y con su trompa lo empujó a través de la rendija de la puerta. Nena lo empuñó con su pata frontal y lamió una vez más el hocico de Osado.

—Por favor vete a casa. No puedes dejar solo a Rosado.—.

—No te preocupes él está con la osa esa.—.

—Está con su mamá,—, dijo ella sintiendo una puñalada en el pecho.

El Coronel metió la trompa por la rendija de la puerta. También ella le lamió.

—Gracias Coronel. Por favor cuide de ellos.—.

—Nos quedaremos contigo, incluso siendo yo de poca utilidad. Viniste a mí cuando pedí ayuda y me pusiste en libertad, ahora seré tan persistente para sacarte de este sition así como el dolor de mi pata dañada.—.

—Shh,—, insistió Nena. Escuchó las llantas del camión y el inevitable aroma del guardián del zoológico.

—De prisa, escóndanse y no hagan un sólo bramido.—.

Osado y el Coronel dieron la vuelta al edificio. Una luz salía por la diminuta ventana. El Coronel echó un vistazo por ella.

—Rompa esa ventana, Coronel,—, Osado estaba echando saliva y estremeciéndose.

—Nena dijo que no hiciéramos ruido.—.

—¡Haz lo que te mando!—.

El elefante encorvó la trompa y ¡chaz! Empujó con ella la ventana. Nena pegó un bramido. Lo hizo de terror más afortunadamente esto sirvió para camuflar el ruido de ruptura de vidrio.

Pedro abrió la puerta y susurró, —No te alteres, somos viejos amigos. ¿Cierto, Nena?—.

Nena gruñó y fijó la mirada a sus ojos. Sabía sus intenciones. No eran buenas. Lo podía oler en el aire. A la misma vez, este era el hombre quien por años la había alimentado. No podía atacarle.

—Somos buenos amigos, viejos amigos somos, ¿no es así Nena?—, repitió sus palabras alistando su red para tirarla sobre ella. —¿Recuerdas la celebración de tu décimo cumpleaños en el zoológico? Fue un gran acontecimiento. Te entregué una botella de miel, sólo para *ti*.—.

Arrojó la malla. Aquella tropezó contra la luz escurridiza antes de aterrizar sobre Nena. Ella bramó como si hubiese sido fuego.

Osado escarbó el suelo. La rabia le consumía. Pedro se agachó. Empuñaba una jeringa entre sus dedos.

El elefante echó un vistazo por la ventana. Vio la luz moviéndose. Su trompa era larga. Intentaría algo incluso aunque fallara.

A Nena se le salieron los ojos al ver la trompa

del Coronel alcanzando la luz.

El elefante esperó hasta cuando la luz se meció hacia la ventana.

—¿Qué sucede?—, susurró Osado.

El Coronel enfocó la mirada en la oscilante luz. Nena podía ver la intensidad de su concentración. Una vez el cable había columpiado lo más cerca a él, levantó su trompa. Se aferró a la cuerda y haló. Una lluvia de estrellas emergentes del cable, chispeó. La habitación quedó en completa tiniebla.

—¿Qué pasó?—, preguntó Pedro.

Sus dos acompañantes y el oficial fumaban al otro lado de la estación al pie del vehículo. Esperaban a Pedro para comunicarles que Nena estaba sedada y lista para ser levantada al camión.

La mano de Pedro temblaba mientras se apuraba a aplicarle la inyección. Maldijo. Nena volteó a mirarle a la cara. Deseando poner distancia entre los dos, extendió su pata derecha. Él introdujo la aguja.

—Tu piel es tan dura como tu cabeza, Nena,—, susurró él y se levantó.

Ella esperó a que saliera de la habitación. Se incorporó. La aguja no había penetrado su piel. Sin embargo, su pato estaba goteando el sedativo.

—¡Me salvaste la vida!—, dijo mientras apretaba su juguete.

Coronel, por favor venga,—, ella susurró. Estaba escuchando a los hombres hablar.

—Quédate aquí, Osado,—, dijo él y se apresuró a la habitación.

Pedro confiado en el instantáneo efecto de la droga la cual acababa de suministrarle a Nena, había dejado la puerta abierta.

—¿Me puedes desenredar de esta malla?—, preguntó Nena.

El Coronel maniobró la red en distintas formas con su trompa y con sus largos colmillos. Osado vagaba con su cabeza agachada hasta escuchar el batido fuerte de orejas del Coronel. Esto siempre significaba alegría. Nena saltó afuera y dio la vuelta para encontrarse con Osado. El elefante chilló. Nena y Osado saltaron a la puerta. Dentro estaban los tres hombres gritando y afuera el Coronel bramando. Estaba erguido en sus patas traseras.

—¡Aléjese de la entrada! Bramó Nena. El Coronel se retiró. Nena aventó la puerta y se apresuró a la vuelta del edificio y procedió a hacer lo mismo con el pórtico del frente y atrapando a los hombres adentro.

—¡Maten al monstruo movedizo!—, chilló

Osado.

El Coronel se apresuró al frente del camión. Se volvió a erguir y esta y esta vez dejó que sus ochocientas y cincuenta libras de peso, se desplomara sobre el vehículo. Toda la parte frontal se aplastó contra el suelo y las dos llantas del frente, explotaron.

Nena, Osado, y el Coronel bramaron victoria incesantemente por todo el camino de regreso a la cabaña al lado de la quebrada.

—¿Coronel, cómo hizo para que los hombres terminaran en la habitación? —.

—Les animé a entrar al encierro propinándoles un empujoncito con mi trompa,—, dijo ondeando sus orejas.

Estaba amaneciendo y el tono rosado del cielo proyectaba un brillo sobre la escamosa y enlodada piel del Coronel. El pelaje de Osado tomó un color rosa. *Es tan bello,* pensaba Nena y se detuvo a lamer su cabeza. Él también cesó todo movimiento y cerró los ojos. *Empieza a aceptar mi amor,* ella siguió meditando, y su estómago se batió de dicha.

Dos días después al medio día, el sol derretía todo, en el momento en que ellos llegaron a la quebrada.

El Coronel se detuvo a unos pasos antes de alcanzar el agua. —No puedo dar un sólo paso más, —, se quejó. Se requirió de toda la fuerza de Nena y de Osado para ayudar a empujarlo a la quebrada. Una vez en el agua, nadó a la cascada. Nena colapsó en la orilla y Osado gateó al borde y desapareció bajo agua.

Nena echó un vistazo al jardín. *A sólo unos pasos más, estaré en casa con Rosado*, pensó. El dolor por los pedazos de vidrio dentro de su cuerpo se intensificaba mientras meditaba que la mamá de Rosado estaba allí tomando su lugar. A medio camino del jardín, Nena una vez más cayó al suelo exhausta, y tomada por una mezcla de excitación y dolor tanto en en su cuerpo como en el corazón.

—¡Aargh!—, alguien bramó a la orilla de la quebrada. A pesar de su dolencia, se incorporó. Sabía a quien le pertenecía el bramido. Reconoció el aroma. Volteó su cuerpo y ahí estaba. El oso amazónico la observaba.

—Vine a clamar mi territorio,— bramó él.

—Le pertenece a mi familia, a mis amigos del bosque, y a mí,—. Todos los recuerdos acumulados con quienes habían llegado a la cabaña y a la quebrada, estaban nítidos en su mente. Así de claro tenía el calvario que apenas había vivido.

El oso amazónico volvió su cabeza a Osado. Estaba de pie al lado opuesto al borde de la quebrada, próximo a la cascada.

Nena sintió sus intenciones. Caminó a dirección del oso, erguida sobre sus patas traseras. Ahora estaba parada a su lado. Su apestoso y caliente aliento soplaba en sus rodillas. Ella bramó, — ¡Váyase en este instante! —.

—No tan de prisa. Primero peleemos,—, dijo el oso lleno de seguridad observando la severidad de la heridas de su enemiga. Se irguió a su máxima estatura, apuntó a sus patas y con sus garras delanteras arremetió contra ellas. Estaban tan ensangrentadas como sus hombros.

Nena bramó adolorida y con la misma intensidad, golpeó su lomo con sus patas frontales. Chillando, el oso retrocedió.

Osado aullaba mientras corría a dirección de Nena.

Rosado alcanzó a oír su bramido y también pegó carrera a su encuentro. El oso amazónico se retiró cuando le vio.

—Ustedes dos vayan a casa, —, ella ordenó.

Rosado gateó a sus pies, —¡Nena, regresaste! Pero herida,—, aulló lamiendo sus patas.

—Ven a mi, Rosado.—. Alguien gruñó atrás de ella. Nena volteó. Era su madre y el cachorro se apresuró a su lado.

En un corto tiempo Nena había reconocido que ser madre entre muchas cosas, también envolvía alegría y sufrimiento. No obstante, la amenaza que esta dicha fuera arrebatada, era el peor de todos los calvarios. Reconocer esto encendió su furia. Volteó al oso amazónico, preparada para pelear.

El pelo de su nuca se puso de puntas al bramar: —Estoy lista para hacerlo pedazos.—.

Él no lo estaba. En cambio, observaba embelezado a la madre de Rosado como si se tratara de una colmena. Ella también correspondía su atención. Ambos parecían sumidos en un trance. Él bajó sus patas tocó suelo, y desfiló derecho hacia ella. Sus hombros estaban erguidos y sus ojos fijos en la osa de su misma especie. Pasó por el lado de Nena como si fuera un árbol.

Una vez estuvo frente de la mamá de Rosado, el cachorro corrió al lado de Nena. Era uno de esos momentos en que el comportamiento animal tenía tan poco sentido como el del Hombre. ¿Sería a consecuencia del tiempo primaveral o debido a alegría porque un macho y una hembra de la misma especie, se encontraban?

Nena lamió la cara de Rosado insistiendo más

en sus ojos para forzarles a cerrarse. Pues los dos osos estaban haciendo un espectáculo. Se lamían sus hocicos y se olfateaban.

—Pequeños, es hora de entrar a casa, —, dijo Nena y partió. Osado la siguió. Rosado se dirigió a su mamá y dijo, —Ven a casa.—.

Ella no se movió ni miró a su cachorro.

—Estaré esperando adentro.—, insistió Rosado.

El oso le olfateó los hombros a la osa.

Rosado caminó unos pasos más y se detuvo en la cerca y repitió,—Le diré a Nena que tenga pescado listo para ti cuando entres.—.

Nena esperaba en el mirador. Una vez Rosado subió el último escalón y estuvo arriba, ella dijo,

—Osado está adentro. Entra. Regresaré en unos minutos con el desayuno.—.

—Por favor Nena, trae suficiente pescado también para mamá.—.

Ella se apresuró a la cerca. Los dos osos se alejaban a toda velocidad.

—¿Usted regresará?—, Nena rugió.

La mamá de Rosado se detuvo, volteó la cabeza

y bramó, —Quédese con él.—.

— ¿Me quiere decir que me entrega su hijo?—. Su dolor de repente se disipó al sentir las intenciones de los osos. No obstante una ráfaga calurosa subió a la cabeza al pensar en la reacción de Rosado.

—Sí,—, dijo sin importar voltear a mirarle.

—Espere, antes que se vaya, dígame: ¿cómo se siente?—.

—¿Sentir qué? —, gruñó la mama de Rosado.

—Quiero saber, —, dijo Nena en la más mansa compostura posible; sentada en la grama y bajando el tono de su gruñido, —¿cómo se siente cargar a su bebe en la barriga y cómo era el olor de su aliento cuando respiró por primera vez?—.

—¿Me está acusando de ser una mala madre? —, gruñó ella. —Por qué no mejor me pregunta ¿cómo se siente finalmente encontrar un macho de mi misma raza y estar por empezar una familia, a mi edad cuando ya no tenía esperanza de ello?—.

Nena no sabía como era tener la compañía de un macho Pardo. Más esto era secundario. Lo que ocupaba cada pedazo de espacio de su masivo cuerpo y su cerebro era el deseo de experimentar al máximo, ser madre. Ay no obstante, la vida le tenía otra prueba.

Rosado quien esperaba en el zaguán, alcanzó a oír el rugido de Nena al preguntarle a su mamá si se lo dejaba a ella. Era imposible, ¡su mamá no haría tal cosa! Se irguió en sus patas traseras y con las delanteras empujó la puerta. En dos saltos aterrizó en las gradas del mirador, se lanzó al jardín, y en segundos casi arañaba los talones de su madre.

Nena le seguía. Con su respiración entrecortada y con un montón de alaridos atorados en su garganta, sus patas malheridas y su corazón atormentado, no permitían la velocidad requerida para alcanzarle.

La mamá de Rosado hizo un alto, encaró al cachorro, y le lanzó un zarpazo en la cabeza. La visión de Nena se hizo borrosa y registró el incidente lentamente, como si el tiempo estuviera pausando para agrandar más su dolor, duplicar su furia, borrar sus heridas físicas, y redoblar sus fuerzas.

—¡Déjame en paz y quédate con la osa Parda! —. El aullido de la mamá de Rosado retumbó. Más fue el chillido agudo del cachorro el causante de perforar los oídos de Nena.

Nena le cayó encima a la osa. De un mordisco arrancó un pedazo de carne de la pata delantera con la cual había agredido a *su* cachorro. El oso amazónico le clavó a Nena sus garras en el lomo y al tirar de ellas, levantó dos rebanadas de gruesa piel. Rosado se despepitó chillando. Entonces Nena recuperó su facultad auditiva. Su cachorro le rogaba que no se mataran. Él no podía quedar solo.

Nena se incorporó lanzando al suelo al oso amazónico, y dejando tendida a la mamá de Rosado. En instantes le había causado grandes heridas. El cachorro primero corrió al lado de Nena. La olfateó, dio dos vueltas a su alrededor y se abalanzó a su mamá.

—¡Te dije, quédate con ella!—.

El oso amazónico introdujo su cabeza bajo la nuca de la osa y la levantó. La mamá de Rosado se irguió temblorosa y chorreando sangre. Rosado chilló al mirarla al presentir su dolor.

Nena quiso bramarles que jamás regresaran pero Rosado la obligó a guardar silencio. No quería ocasionarle más pena.

Los dos osos amazónicos pronto se perdieron de vista. Nena y Rosado corrieron lado a lado, de regreso a la quebrada. Nena fijó su vista en el Coronel. Sus orejas al instante cesaron de batirse cuando se fijó en las heridas de Nena.

Rosado se apresuró a la cabaña chillando. Su mamá lo había abandonado y Nena estaba irreconocible por las heridas.

Nena entró a la quebrada para enjugar sus lastimaduras.

—Nadie jamás podrá quitármelos, Coronel. No lo permitiré,—, alarió. Una vez el agua se tornó carmín, salió de la quebrada y se encaminó victoriosa a la cabaña.

En los días siguientes, Rosado algunas veces preguntaba por su mamá y en otras, se aseguraba así mismo y a los demás que pronto ella regresaría a quedarse a vivir con ellos.

Al salir, esperaba más tiempo en caso que regresara.

Nena percibió en su hijo el sentimiento de abandono. Para compensarle, le mimaba como nunca antes. Ahora era madre de dos hermosos cachorros. No podía contener su dicha. Ay, más su alegría tenía un alto precio. Rosado sufría por la falta de su verdadera mamá. A veces pensaba en el regreso de la osa amazónica para reclamar su hijo. Aquello haría que su corazón quedara hecho trizas como la ventana ella quebró en el dominio del Hombre.

El Conde había diversificado el uso de sus dientes y uñas extrayendo pedazos de vidrios del cuerpo de Nena. Durante los días sucesivos llovió menos en el bosque y esto trajo a la quebrada mucha actividad.

La cabaña al lado de la quebrada se convirtió en el rincón más popular del bosque. Cada noche un animal diferente llegaba a cenar acompañado de un objeto curioso, un poema, una canción, o simplemente unas palabras amables.

Todo animal; grande o chico, era bienvenido a la cabaña. Nena nunca quiso mencionar ser la gran Osa Parda quien había escapado dos veces del dominio del Hombre. Estaba completamente contenta. Alimentar a los animales después de ser mamá, era la actividad más gozosa para ella. Ir de pesca y olfatear el resultado de su labor en el aliento de sus cachorros, era todo un regocijo. Lamer sus barrigas llenas era su propósito de cada día.

El Coronel anticipaba todo cuanto el día tenía por ofrecer y nada le limitaba a participar en las actividades con los demás. Aunque su cuerpo no cabía por la puerta del frente, comía en la mesa junto con los otros. Lo hacía metiendo la cabeza por la ventana del comedor y alcanzando la mesa con su trompa.

Una noche mientras Nena se disponía a servir una suculenta paella de cangrejo dulce para sus cachorros y para la abuela Pelícano, su invitada de la ocasión, un pastel de zanahoria para el conejo, y un montón de moras para el Coronel; un desesperante ruido de aruñetazos interrumpió la armonía de la noche. El Conde Mateo Trottingham III abrió la puerta, murmuró unas pocas palabras y la cerró.

—¿Quién era?—, preguntó Nena.

—Nadie quien valga la pena ser nombrado,—, dijo el Conde regresando a brincos a la mesa.

Cuando ya se hacía tarde, la abuela Pelícano encorvó su cuello muy elegantemente diciendo —gracias, — seguido de una ondeada de alas en son de despedida. Osado la acompañó a la puerta y algo le llamó la atención.

Sobre la tierra, junto a la vid de lianas, estaba acostada una especie de borla tan blanca como peluda, y se quejaba. Osado se agachó para observarla.

Un par de ojazos negros alzó la mirada al encuentro del suyo. La extraña criatura volvió a quejarse y enterró la cabeza entre sus algodonadas patas.

—¿Quién eres?—, preguntó Osado. Una gruesa cola algodonada se elevó de la parte posterior de la borla y la batió casi como si la pequeña criatura no pudiera controlarla.

—¿Qué clase de animal se presenta y se encoge de miedo? ¡Usted no sobrevivirá ni un día en este bosque!—, sentenció Osado.

La abuela Pelícano quien observaba, se acercó. Aparentemente la enclenque criatura la encontró menos amenazante. Logró pararse, quejándose y babeando y batiendo esa tonta cola. ¡Ésta hacía a la criatura vibrar!

—Vaya, vaya...es un perro,—, explicó la Abuela Pelícano. Estaba deleitada de ver que su visita se estaba tornando en un buen acontecimiento. Tendría mucho para compartir con sus amigas charlatanas: las cotorras, los guacamayos, las cacatúas y las loras.

—¿Un perro? Éstos son inútiles sin los humanos,—, indicó Osado. ¿Qué hará él en el bosque?

—.

—Uf, ¡soy hembra! ¡Trate con respeto a una dama!—, ella ladró, pero, como su movimiento de cola, su ladrido parecía casi involuntario, y agachó de nuevo temiendo haber enojado al animal más grande.

—Discúlpeme, No tenía manera de saberlo, —, carraspeó el cachorro.

—Bueno, debo volar de regreso a mi nido,—, dijo la invitada batiendo sus anchas alas grises mientras emprendía vuelo.

—¿Le gustaría entrar a la casa?—, preguntó Osado a la perra.

—¡Sí, y me apetece un buen pedazo de carne asada!—, ladró siguiendo los talones de Osado.

Él volteó. —Usted será nuestra invitada; no nuestro amo.—.

—Lo siento,—, la perra dijo atorada. —Estoy acostumbrada a que me cuiden.—. Continuó siguiendo a Osado a la cabaña, pero tan pronto llegó al comedor, cayó al suelo de barriga como sello postal en un sobre.

En cuanto Nena vio a su nueva invitada, dejó caer un montón de platos de hoja seca de palma que llevaba en ese momento al fregadero.

—¡Ay, Gran Osa Parda del Norte! ¿A quién tenemos aquí?—.

—Nena, la encontré tirada en el suelo,—, explicó Osado.

—Echada descansando… ¡No tirada como si estuviera pasando por una mala racha! Mi nombre es Loretta.

Soy la mascota de la familia Van Mil,—, exhaló la perra en la posición que había caído; de barriga con las patas a todo par.

—¡Ay qué honor es tener a una mascota de humanos en nuestra casa! ¡Debo anunciarte apropiadamente!—, exclamó Nena,— ¡Rosado, Conde Mateo Trottingham, por favor pasen al comedor de inmediato!—.

Rosado entró corriendo seguido por el Conde, quien saltó de su madriguera ubicada a los pies de un sauce. Temeroso como siempre de una posible invasión de animales no invitados, a brincos se unió batiendo en el aire un arco de violín obsequiado a la familia por el reverendo Faisán. El arco de violín se había convertido en su arma predilecta.

—Me complace presentarles a los dos a Madam Loretta Van Mil, la distinguida mascota de la familia con el mismo ilustre apellido.—.

Loretta se puso de pie y meneó la cola.

—¡Uy, batió su hermosa cola!—, exclamó la osa con los ojos empezando a llorosear.— Los de su especie hacen esto cuando se sienten a gusto. Gracias

Madam Van Mil, ¡no merecemos este honor!—.

Los cachorros se miraron. —Eh Nena,—, dijo Osado, —¿Cómo exactamente nos ha honrado esta perezosa criatura?—.

Nena se horrorizó. —¿Perezosa?—.

Loretta también estaba indignada. —Sólo estoy débil por falta de alimento.—.

—Siento haberme equivocado,—, dijo Osado, a pesar de no estar seguro de ello.

—Imagínense—, continuó Nena en secreto al Conde: — Una verdadera mascota de familia humana en nuestra casa. Estas especies son de las más mansas y saben cómo ser verdaderos amigos. Razón porque el Hombre no sólo confía en ellas en sus casas, ¡también les adoptan como miembros de sus familias! ¡Esto hay que celebrarlo!—.

Los cachorros se miraron y levantaron los lomos. Una celebración les parecía bien. ¡Y vaya si lo hicieron! La fiesta duró una semana completa y todo el bosque participó de ella. Madam Van Mil no tardó en dejar de ser una perra debilucha; en pocos días se robusteció; su cola se esponjó y su barriga duplicó en tamaño.

Nena adoraba a su nueva invitada quien

descendía de una raza muy distinguida. ¡Era una perra *de lanas francesa!*

Los animales la bombardeaban con preguntas acerca de la sociedad humana, su estilo de vida y de sus amos. Ella estaba dispuesta a ofrecer respuestas detalladas.

Sin embargo, cada vez le preguntaban por qué había aparecido en el bosque, ella ladraba cortante:— ¡Sólo vine por el aire fresco!—.

Nena estaba más feliz que nunca. Pensar que ella, una simple residente del bosque, estuviera cuidando a una verdadera mascota de humanos *y* que ella, ¡tuviera el privilegio de dormir en el suelo a las preciosas patas de la perra! (Una criatura como Madam Loretta Van Mil, quien requería de tanto sueño, claramente necesitaba de la cama más que Nena).

Ella se encargaba de toda necesidad de la Madam, trayéndole su desayuno a la cama (así como el almuerzo y la cena), en una bandeja grande.

Cuando Loretta no estaba durmiendo o comiendo, ella a lengüetazos acicalaba sus bellos crespos, para verse lo mejor para sus muchos admiradores.

Desde el arribo de Madam Van Mil, los visitantes a la cabaña se habían multiplicado.

Las criaturas del bosque la colmaban de todo posible regalo, mientras trataban a la familia como simples espectadores. Aquello disgustaba mucho al Conde. Él la consideraba una intrusa no deseada, y frecuentemente se refería a ella burlonamente (aunque no delante de Nena) de *perrita faldera.*

Una mañana, como de costumbre, Nena se estaba levantando antes del amanecer para empezar a cazar el desayuno para su huésped, (quien, pese a su preferencia de dormir, se levantaba con el sol y lo suficiente hambrienta para comérselo), Nena la escuchó quejándose.

—¿Qué te pasa, ladradorcita?—, le preguntó arrodillándose al lado de su cama.

—Es hora,—, murmuró Loretta lamiéndose la barriga.

—¿Hora para que?—.

—Hora,—, se quejó Madam,—de que nazcan mis bebes.—.

—¿Be…be-bebés?—, tatareó Nena.

Nena de un brinco se levantó y retrocedió hacia

la puerta, estrellándose la cabeza contra ella.

—Relájate, mi esponjita. Yo… ¡yo te cuidaré, mi linda bolita de algodón!—. Y salió al corredor bramando tan alto como sus considerables fuerzas de osa parda de novecientas noventa y seis libras de peso, se lo permitieron: —Conde Mateo Trottingham, ¡tenemos una emergencia!—.

El conejo emergió de una de sus madrigueras en un brinco, salto y voltereta. — ¿Qué pasa?—, preguntó batiendo en el aire el arco de violín, seguro que alguien estaba robando alimento, mientras sus orejas giraban en alerta.

—Es Madam Van Mil,—, ella chirrió.

—¿Se ha caído de la cama?—, el conejo preguntó esperanzado, relajando sus orejas.

—¡Está por dar a luz!—, ella explicó corriendo a la cocina.

—¡Oh no, lo que faltaba!—, gritó mientras la seguía.

—Supongo que estás tan feliz como yo. ¿Te imaginas? ¡Un montón de diminutos pomitos de algodón correteando por la casa! ¿Podemos tener más suerte?—. Nena colocó en la estufa una olla grande llena de agua, ya que sabía que esto hacían los humanos cuando un bebe estaba por nacer.

—¡Un poco más afortunados y mi cabeza explota!—, respondió el Conde a la vez que sus orejas se amarraron en un nudo. Con la mirada fija en la olla, preguntó,—¿Vamos a hervirlos o a cocinarlos al vapor? —.

—¿Decías algo?—.

—Nada.—.

—¡Ojalá los perritos salgan idénticos a su linda mamita!—, dijo ella metiendo una pata delantera en la olla.

—¡Nena, por si no te has dado cuenta, acabas de meter tu pata dentro de una olla con agua que muy pronto estará hirviendo!—.

—Ya sé; es que quiero estar segura de que el agua tenga la temperatura perfecta para la comodidad de mi gotita de miel,—, respondió retirando la olla del fuego tan pronto la temperatura había alcanzado la perfección deseada. —Por favor, Conde, venga conmigo, tal vez necesite su ayuda.—. El conejo la siguió castañeteando los dientes.

De regreso en la habitación, Madam Van Mil estaba volteada de lado, todavía quejándose. Una cosa redonda, lampiña y gimiente chupaba frenéticamente, pegada a su barriga.

—¡Ya nació el perrito!—, bramó Nena tirando al aire la olla de agua perfectamente tibia antes de estrellarse contra el piso como un gigantesco cedro al ser talado. La olla dio dos volteretas en lo alto, bañando a la parturienta, la cama, y el piso, hasta aterrizar vacía sobre la cabeza de Nena y despertándola.

—¿Escuchó algo?—, dijo la osa aturdida.

—¡Sólo el estruendo de mi cabeza explotando! —, refunfuñó el Conde mientras clavaba una torva mirada en la perra faldera.

¡Nena permaneció en el piso mientras perdía y recuperaba la consciencia, durante los nacimientos, confiando completamente en la narración del Conde Trottingham mientras éstos ocurrían! Él describía a los perritos de Madam Loretta Van Mil como cinco pelados, quejumbrosos bosquejos de la especie mamífera, (si se pudieran clasificar como tal) quienes parecían más como ratas mojadas que caninos, con piel escurrida y apetito voraz.

Cada vez que Nena le preguntaba por las últimas novedades de los nacimientos, el Conde describía a los cachorros como más mojados, escurridizos, y hambrientos.

Con la llegada de los perritos, Nena vio la necesidad de más espacio. Había una puerta que estaba en su habitación y era diferente a la de la entrada a la casa, la cual nunca había abierto antes.

—Ese es el closet,—, afirmó la Madam.

—¿Qué es un closet?—, preguntó Nena. Estaba observando el armazón de madera y figurándose cómo abrirla sin tirarla al suelo.

—Un closet es donde mis amos ocultan sus envolturas y secretos.—.

A Nena le gustó la palabra *secreto,* era misteriosa y extrañamente le recordaba a su pato. Quizá allí adentro encontraría otros artefactos tan fascinantes como su juguete.

♥ ♥ ♥

Entretanto, en el dominio del Hombre, la conmoción agitaba la atmósfera y coincidentemente involucraba otro estrecho de entrada, ¿o de salida?

—¡Ciertamente no tiene idea de lo que acaba de hacer!—, gritaba Pedro. Estaba aventando la puerta de la oficina del señor Wolfgang. —Fui un gran empleado, jefe. Todos esos años trabajando en este lugar bajo el sol hirviente, ¿eh, patrono? ¿Todo para nada?—. Los guardas de seguridad se apresuraban para encontrarse con Pedro. Todos tenían caras serias.

—Yo me entenderé con él,—, aseguró uno de ellos.

—Pedro,—, él susurró, —no hagas un

espectáculo. No es digno. Escucha, anda al circo y habla con el Señor Cesar Dominguez.

Él es el director y es además un buen hombre,—, miró a los lados. Notó a uno de los centinelas observando en dirección a él, de modo que frunció el ceño simulando estar insultando a Pedro. —Hey pero shh, este es un secreto. No le digas a nadie lo que estoy por decirte. ¿Dices haber visto a un Oso Negro Blanco en el bosque? Si esto es cierto, tráelo aquí. Mejor aún, mata dos animales de un tiro. Trae aquí al cachorro y llevá a la osa parda al circo. Te proveeré el camión a cambio de una generosa contribución para mi fondo personal. Convenceré al señor Wolfgang que cazaré a la osa parda. Pero hey, ¡no te hagas ideas! No me gustan los animales salvajes, tú me conoces. Sólo me gustan en jaulas y para agrandar mi cuenta bancaria. ¿Estás conmigo?—.

El rostro de Pedro se iluminó. Abrió su boca y parecía querer decir mucho pero el oficial vio al guarda quien estaba observando a Pedro por un tiempo, emprender camino a dirección de ellos, entonces le gritó a Pedro,

—¡Suficiente! deje este lugar ¡y no regrese jamás!—. Una vez Pedro estaba afuera de la cerca, le guiñó el ojo.

No será difícil convencer al circo de que acepte a la osa parda como su nueva estrella, pensaba Pedro. *Primero, porque Nena es la última osa parda de la tierra. Segundo; había sido la atracción principal del*

zoológico y la gente la conoce.

Tercero; en caso del circo querer deshacerse de ella, ellos podrían negociarla con el zoológico y éste estaría dispuesto a pagar bastante por su vieja estrella.

El señor Domínguez, el director del circo, era un hombre chico y redondo. Los lados de su nariz estaban enmarañados de venas rojas. Respiraba con dificultad y cuando escuchaba algo de su desagrado, ensanchaba las aletas de la nariz. Recibió a Pedro en el umbral de la puerta y se apresuró para ocultarse lo más posible detrás de su prominente escritorio.

—He entrenado animales toda mi vida.—. Abrió un cajón y sacó un bloque de papel amarillo y lo colocó sobre el escritorio. De un cilindro de bambú tomó un lápiz el cual reposó sobre la oreja derecha. —Lo peor que me puede ocurrir como a cualquier entrenador, es amaestrar un animal de fuerte albedrío.—. Aquí infló la nariz.

—Una vez tuve un osito Negro Blanco. Era el peor de todos. Ciertamente era chico pero un gran demonio le poseía. Quizá me trajo mala suerte porque según las historias antiguas un Oso Espíritu como también son conocidos, no puede ser cautivo. ¿O posiblemente necesitaba de un clima templado como el del bosque canadiense?—. Tomó una bocanada de aire inflando al máximo las mejillas y continúo, —Hum, lo que fuere, fue una enorme carga para mí. Casi me cuesta mi circo. El último día de su presentación, derrumbó al suelo la carpa con los postes.

Chico, mi mejor payaso y experto trapecista, se fracturó el brazo. Y lo peor de todo, ¡me vi obligado a regresarle el dinero a toda la audiencia porque el espectáculo apenas empezaba en el momento en que el oso destruyera mi circo! —.

—¿Qué le ocurrió al Oso Negro Blanco?—, preguntó Pedro. Sus ojos estaban cargados de curiosidad.

— Pues verá; yo no creo en matar a los animales que trabajan para mí. Eso es mal karma y trae la peor suerte al negocio de uno, entonces lo mandé lo más lejos que pude enviar a un causante de problemas como él. Ese fue el bosque y tan adentro como mi gente lo pudo llevar.—. Se detuvo a pensar. Tomó el lápiz de su oreja y se rascó con ella el oído, —¿Una osa parda, eh? La última de esa especie. Podríamos ensayarla. Ojalá no se convierta en otra mala experiencia.—.

♥ ♥ ♥

El plan secreto de Pedro debía ser exitoso. Sacó de su closet un recipiente grande de miel. Lo tenía reservado para el cumpleaños número veinticinco de Nena. Ahora estaba por matar a dos osos con la misma miel. Bueno, tendría que comprar más del arsenal. Su trampa mejorada requería de mucha.

Encontró un barril en una compañía de

exportación, especializada en exportar alimentos empacados del bosque amazónico.

El barril pesaba mucho y obligó a Pedro a comprar un tirante fuerte para amarrárselo a la espalda.

Condujo solo al bosque. Ya no contaba con más asistentes del zoológico. Tampoco tenía más dinero. Su próxima cena vendría del intercambio de la osa parda y del oso Negro Blanco. Si fracasaba aguantaría hambre hasta encontrar otro empleo.

Al llegar al bosque se amarró el pesado barril a la espalda y caminó hasta alcanzar la mitad de la pradera.

—No importa dónde esté Nena ella olerá su golosina favorita,—, murmuraba chorreando una línea de la preciosa sustancia. El músculo de su cerebro laboraba tan fuerte como el de sus brazos. Debía hacerle sentir bien para terminar de poner su trampa y de ahuyentar la posibilidad de que la fea cabeza del remordimiento se asomara impidiendo la culminación de su objetivo.

—Tú no entiendes querida, hago esto por tu propio bien. ¡Eres la última osa parda de Norteamérica! ¿Sabes lo que esto te hace? De un valor incalculable. ¿Sabes lo que me haría si no te atrapara de nuevo? Un vigilante del zoológico muerto, aquel responsable por la pérdida de la última Osa Parda. En el bosque morirías sola. ¿Quién cuidaría de ti? Te necesito. Tú me necesitas.—.

A varios pies se detuvo asesando. Tomó una siesta a la entrada del bosque cerrado y cuando estaba por colapsar, redobló sus esfuerzos hasta alcanzar el plantío de eucaliptos y pinos, y finalmente la carretera. Raspó el barril de todo rastro de miel y comió. Era su único alimento del día y sería su último si no recobraba a Nena.

La alta temperatura sobrepasaba todos los precedentes. No había brisa. Sólo calor, humedad, y criaturas graznando, gruñendo, aullando, y gritando.

—Terrible bestia,—, murmuraba, —causaste la pérdida de mi empleo y consecuentemente un mes de salario porque con ello le pagué al oficial de la carretera. Ah, y eso no es todo, también pagué por tu sedante el cual no dio resultado. Ahora esta miel me ocasionó el equivalente a una semana de sustento. ¡Juro que si no caes en mi trampa, regreso y te mato!—.

La desesperación y el miedo le estaban tomando cautivo. Había un abismo renegrido dentro de su cabeza y un estómago vacío. Su sed era inaguantable debido a la alta temperatura y a su excesiva dulce cena.

Instaló cuatro mallas en lo alto de las ramas de los eucaliptos a la orilla de la carretera. Entretanto, debía dormir. La noche era negra como los ojos de la osa parda y una orquesta de ruidos extraños intensificaban su terror. En el asiento de pasajero cerró los ojos.

El rostro de Nena se acercó a su cara y le olfateó la nariz. Dio un brinco y abrió los ojos. No había nada más que oscuridad y los terribles ruidos del bosque.

♥ ♥ ♥

A la mañana siguiente, Nena derribó la puerta del closet. A una rama de cedro sin pulir y sostenido con puntillas a cada lado, colgaban unos cuantos vestidos largos de mujer. Las telas estaban rotas y el olor era a *vejez y muerte,* fueron sus palabras en el momento de olfatear la esencia del closet. Sin embargo, la brisa traía a la ventana el aroma distintivo de miel.

Se aseguró que Madam Van Mil tuviera la barriga llena y tuviera suficiente cangrejo y camarones para más tarde y agua para beber. El Conde Mateo Trottingham tenía suficiente repollo y zanahorias, y el Coronel descansaba en el mirador con la barriga estirada y satisfecha.

—Cachorritos, hay esencia de miel proveniente de la pradera,—, aulló Nena. Osado y Rosado lamieron sus hocicos y saltaron por encima del cerco.

Correr por varias millas era exhaustivo pero justificaba todo esfuerzo. Una vez encontraron la línea recta de miel, Osado fue el primero en lamer el delicioso sendero. Rosado le siguió y Nena relamía lo restante. Sabía deliciosamente dulce como solo la saliva de sus cachorros y los rastros de miel podría saber.

De este modo, paso entre paso, entraron al cubierto bosque oscuro. Las ramas de los árboles estaban hechos nudos con bromelias, orquídeas y enredaderas. Otros intrusos como las gigantescas vides de lianas, fieles imitadoras del Hombre, habían tomado posesión de los árboles esparciendo sus enredaderas desde los troncos hasta las copas, extrayendo todo su alimento y terminando con la vida de aquellos.

Muy profundo en el bosque dos ojos amarillos brillaban de una pantera que silenciosamente rondaba. Había escuchado las voces de los cachorros y estaba lista para atacar. No había cazado ese día y estaba hambrienta. La oscuridad del bosque la camuflaba. Sólo sus ojos amarillos brillaban anticipando carne fresca. Nena no conocía el aroma de una pantera a razón de nunca haber visto ni olfateado a una.

Entretanto, Pedro esperaba al lado de la carretera. Sus ojos también refulgían anticipando todo el dinero que estaba por recibir una vez atrapara a los dos osos y se los devolviera al circo y al zoológico. El deleite de lograr ganancia económica *¡Ay se mezcla con la emoción de la caza!* Pensaba. *Siempre es una alegría conquistar lo salvaje y regresar a casa con un trofeo. Este es el comienzo de una nueva carrera para mí. Es el comienzo, es el comienzo!* repetía.

Ahora los latidos de su corazón resonaban al escuchar los escalofriantes ruidos de la osa Parda mientras sus patas estampillaban las crujientes hojas secas mezcladas con sus suaves gruñidos y su fuerte respiración parecía acercándose a cada momento.

La pantera primero descubrió a Rosado. Este sería la perfecta merienda del día. Su alegría inmediatamente sucumbió cuando sus ojos le revelaron a Nena. Estaba en medio de dos perfectas cenas.

La pantera de un salto desapreció. Sus pasos firmes demostraban fiereza. La musculatura de su lomo se contraía a cada salto como si estuviera conteniendo la furia dentro de ella para en algún momento soltarla. Cruzaba los bosques de eucaliptos y pinos en el instante de olfatear el aroma de un tipo de bestia desconocida. Esperó.

Nena también reconoció una aroma familiar cada vez sus cachorros revolvían las hojas con sus lenguas.

—¡Aaaarg!—, bramó la pantera.

—¡No!—, dijo Nena. —Este aroma es…—, se detuvo atemorizada y confundida, —¡es de mi cuidandero!—. El pelo de la nuca se erizó. —Quédense aquí pequeños, alguien llama en silencio. Pronto regreso.— Resbaló sobre hojas podridas siguiendo el aroma. Al llegar al final del bosque plantado por el Hombre, vio la pantera frente a frente a Pedro. El rostro de su antiguo cuidandero estaba desfigurado de terror.

—¡Deje a este hombre tranquilo!—, tronó Nena.

Pedro miró fijo a la osa Parda con incredulidad. Ella resoplando y babeando, se aproximó dos pasos más.

—¡Cuidado!—, gritó Pedro mientras sus ojos subieron a la copa del eucalipto donde la coronaba la malla lista para atraparla. Nena presintió peligro desprendiéndose desde arriba y saltó a la carretera. La malla cayó sobre el andén. Ahora encaraba a la pantera.

—¡Corre a tu monstruo metálico!—, bramó Nena a su antiguo cuidandero.

Pedro no tenía idea aquello bramado por la osa parda y aún así logró pegar carrera a la camioneta. Una vez adentro y con la puerta con seguro, fijó los ojos a la ventana de atrás. —¿Será posible que Nena haya venido a salvarme?—.

—Por su culpa mi cena escapó. Ahora tomaré a uno de sus cachorros,—, gruñó la pantera.

—¡Usted no respirará cerca a ellos!—, Nena bramó y saltó al lomo de la pantera. Aquella zarpó sus pezuñas a la cara de Nena. Ella fue más rápida y se agachó. La pantera de nuevo arremetió con las patas delanteras a sus mejillas. Una se insertó debajo de su oreja izquierda y se deslizó rebanando una tira de carne y dejando una permanente huella de sangre en su cara.

Nena zarpó sus uñas a la nuca de la pantera. Aquella cayó de lomo. Escuchó una vez más en su mente la voz de la pantera gruñendo, *Tomaré uno de tus cachorros.* Nena cayó encima de ella. Resonó en su mente de nuevo las palabras de la pantera, *Me llevaré uno de sus cachorros.*

Nena abrió el hocico y clavó sus dientes en el cuello oscuro de la gata, allí donde salía su voz, voz que quería enmudecer para siempre. La pantera pateó los hombros de Nena. Saltó y soltó a correr.

Pedro abrió su bolsa de mezclilla y sacó de ella una bola tejida y dos revólveres. Uno con sedativo para Nena y el otro con balas para matar a la maldita pantera si volviera a cruzarse en su camino. *¿Por qué olvidé los revólveres cuando coloqué las trampas?* pensó. *La escasez de alimento me está embruteciendo.*

Prendió las luces altas de su camioneta y salió de ella. Se acercó a la acera, temblando. Puntos de sudor brotaban de su rostro, cuello y brazos. Su estómago gruñía. Las luces del camión claramente le revelaban la carretera, la acera, y una parte del plantío de eucaliptus. Detrás de uno atisbó.

El Oso Espíritu mascaba algo del suelo. Nena no estaba con él. Fijó sus ojos en el cachorro y preparó su red. En caso que Nena se acercara le dispararía el sedante. La desesperación tenía un precio y era alto.

Dio dos pasos a la derecha. Escuchó las ramas

sacudirse arriba de su cabeza.

—¡Aaah!—, Pedro profirio un grito que por poco le perfora los oídos mientras miraba arriba en desapacible pánico la trampa que momentos antes había colocado. Ésta caía a semejanza de un murciélago a punto de cazar un ratón.

Los cachorros chillaron.

Nena saltó al lado de ellos. Pedro batallaba debajo de la trampa. Nena se dirigió a él observando a sus cachorros. —Quédense donde los pueda ver,—, exigió y se encaminó a Pedro. Sus ojos estaban fijos en ella.

—¿Por qué se atrapó usted mismo?—, bramó ella.

Él contestó gritando.

Ella se acercó a oler la malla. Él no podía moverse. ¿Cómo intentarlo? Tenía la cabeza de la osa parda casi encima de él, olfateando y despidiendo su aliento caliente. Su cabeza era imposiblemente gigantesca. Ella arañaba la red con sus afiladas garras.

De nalgas Pedro empezó a deslizarse. Sus dedos tomaban las esquinas de la malla. Los cachorros se acercaron. Parecían curiosos de la bestia atrapada. De inmediato Nena volteó a mirar de lado al escuchar las pisadas. Ella bramó. Se irguió sobre las patas traseras.

—¡Aaaah!—, una vez más Pedro justificadamente soltó otro alarido. La estatura de Nena era la misma de varios árboles del bosque cubierto.

Los cachorros chillaban.

—Créeme Nena, sólo quiero liberarme de esta red,—, insistía Pedro.

— ¡Aaarg!—, bramó Nena, — ¡Ni siquiera mire a mis cachorros!—. Y bajó las patas. Le observó y dio un paso a él. *Me alimentó,* pensó Nena, *no puedo matarle.*

Pedro le quedaba una onza de fortaleza para levantar la malla y gatear debajo de ella. Una vez se puso de pie arrancó a la camioneta. Azotó la puerta y la aseguró.

Nena dio un alarido al borde de la carretera, —¡Lárguese de nuestro territorio!—.

Volvió a sus cachorros. Fijó su mirada a la porción del bosque formado por el Hombre y allende a éste, en el dominio de los animales, observó el inmenso segmento tomado por las enmarañadas vides de lianas estrangulando los árboles.

Frente a ella yacía la metáfora de su vida, algo que como animal no entendía a nivel intelectual más sí emocionalmente, allí donde la vida se siente y toma sentido, lo entendía en su totalidad. Inhaló fuerte queriendo llenarse de toda la fuerza del bosque, bajó la cabeza, derribó sus patas frontales al suelo y los tres, retomaron carrera lejos del lugar.

9

Una vez los osos arribaron a la cabaña, el Conde Trottingham estaba paseándose de un lado a otro en el mirador. Saltó a recibirles y chilló al ver el rostro de Nena.

—¿Qué le pasó a su cara?—.

—Tuve una pelea con una pantera,—, contestó ella.

El conejo encogió su lomo. —¡No salga de esta casa para buscar problemas! Tenemos suficientes aquí. —. Sus orejas se desplomaron. —¡El Coronel está enfermo y bramando sandeces, sobre su enorme cama hay cinco perritos ladrando, y una fastidiosa perra faldera sigue aullando por comida, ¡y yo no aguanto a ninguno de ellos!—.

Terminó la frase echando saliva, de un brinco entró a la casa, y se sumió en la primera madriguera al lado de la puerta.

Nena naturalmente se apresuró a ver al Coronel. Estaba estirado sobre una franja de tierra al lado de la quebrada. Los cachorros la siguieron.

—¡Gran Osa Parda del Norte!—, Coronel, ¿qué le ha pasado?—, preguntó Nena y se arrodilló a su lado.

—Estaba descascarando la corteza de una Ceiba Pentandra y perdí mis dos últimos molares. Ya estaban malgastados y no aguantaron. Ahora no puedo masticar y ciertamente moriré de hambre.—.

—¡Oh Coronel, eso es terrible! Pero debe haber algo que podamos hacer para ayudarlo,—, dijo ella observando su escurrida boca. —Es una lástima que no pueda usar esos largos colmillos para masticar.—.

—¡Ya se!—, dijo Rosado, —Yo puedo masticar la comida y dársela al Coronel.—.

Osado parecía sorprendido. —Tienes razón, Rosado,—, intervino Osado y se arrodilló al lado del Coronel y dijo, —Nosotros podemos tomar turnos para masticar sus alimentos.—.

Nena sollozó y dijo, —Todos nosotros masticaremos por usted y nos aseguraremos que se mantenga bien nutrido, Coronel.

Ahora excúseme, necesito ver a mis pequeños ladradores,—, y se apresuró a la casa. El Coronel agitó sus orejas, levantó la trompa muy en alto y rugió. Parecía festejando la dicha de tener tan buenos amigos.

Esto hizo juguetones a los cachorros y los dos treparon a su barriga. Rosado alcanzó su pecho. Con una pata abrió su boca y con la otra, la metió adentro para examinarlo.

—Quiero ver sus muelas, Coronel,—, insistió el cachorro.

Por mucho rato jugaron. Para entonces, Nena se apresuraba a la quebrada a pescar. Encontró a Osado masticando y escupiendo algo al lado del Coronel mientras Rosado estaba mordisqueando el brazalete metálico de la pata dañada del elefante.

—Cuidado con nuestro amigo,—, advirtió Nena mientras se metía a la quebrada.

—Rosado, el Coronel ya comió suficiente. Vamos a casa,—, sugirió Osado y se irguió en la grama. Una larga fila de animales se acercaba a la cabaña.

—¡Podrían haber ardillas!—, sugirió Rosado quien tomó la delantera de su hermano.

Madam Van Mil estaba presidiendo suntuosamente desde la silla más confortable de la sala: un resquebrajado taburete de pino obsequiado por un puercoespín y decorado por Nena con un cojín rojo acentuado con las plumas multicolores del guapo Pavo Real.

Estos colores contrastaban bellamente con la cola perla de Madam Van Mil.

Varios miembros de una familia local de cabras suministraban leche a Loretta, ya que darles de mamar a su hambrienta prole robaba de necesarios nutrientes. Los cachorritos estaban pegados a la barriga de su mamá chupando ávidamente.

—¿Sabías, Madam?—, empezó a graznar la señora Ruda, una gansa salvaje de deficiente plumaje, —durante nuestra última entrevista en el bosque cubierto, mis íntimas amigas, las papagayas, cotorras, loras y cacatúas, estábamos cotorreando de los últimos acontecimientos del bosque. De las tres zonas, es el suelo ocupado por los mamíferos donde más sucesos escandalosos ocurren. Esto se debe porque es allí donde el Hombre deambula.—. La señora Ruda no se percató de los cachorros cuando entraron.

—Pues, mis amigas graznaron haber escuchado una conversación nada menos de Nena con su amo. ¡Escucharon bien! La osa extranjera tiene amo.—. Esponjó las alas y continuó, —Ella fue su esclava desde que estaba del tamaño del cachorro de esta región quien ella adoptó.

¡Con razón no cuenta nada de su pasado!—.

Aquí Osado bramó. Sólo un cerdo salvaje le escuchó por ser casi del tamaño del cachorro. El chancho bufó, —Ella siempre está punzando a todos con su lengua.—.

—Imagínese,—, continuó la gansa. —Nena dejó a su amo. Hay también otro rumor que su cachorro mayor, y debo aclarar, el más indecente de los dos, ¡hizo lo mismo!—. La señora Ruda quedó temporalmente muda debido a que la Madam se despepitó ladrando.

—Oh pero espere, Madam, ¡hay más! Su dueño llegó al bosque para llevarla de regreso de donde había escapado. Entiendo que es un lugar horrible donde los animales son prisioneros.—.

—Eso es una completa difamación,—, ladró Loretta, —El Hombre nunca hace nada malo. Es más; ellos son maravillosos proveedores.—. Vio dos pecaríes (que la Madam pensó que eran ratas) acomodándose a sus patas. Ella las retractó y continuó, —Mi amo es mi héroe. Cualquier animal que huya de su amo es una bestia. ¡Quizá Nena sea una!—.

—Sí, ¡Nena es una bestia! Nena es una bestia!—. Los animales repetían.

Osado saltó delante de la perra. Loretta dio un brinco de la silla al percibir sus intenciones. Él estampilló su pata sobre su cola. Ella chilló.

La señora Ruda cacareó y voló de la cabaña. Graznando se dirigió a la quebrada.

Nena tenía los ojos fijos en el agua, lista para agarrar un pescado más. Había varios meneando la cola en la orilla. La gansa aterrizó sobre su hombro. Nena se encogió.

La señora Ruda graznó en su oído, —¡Su hijo le hizo la cosa más salvaje a su invitada!—.

—¿Qué?—, Nena chilló, —¿A quién?—, y miró al Coronel quien estaba sentado al lado de una roca la comiendo todas las hojas, frutas, y corteza de árboles que los cachorros habían masticado para él.

—¿Quién hizo que?—, preguntó ella y apuntó con su hocico a lo alto para olfatear el aire. Quizá ¿se había infiltrado algún misterioso viento del Dominio del Hombre y estuviera contaminando el ambiente del bosque?

—Nena, ¡usted no puede ser tan ciega!—, graznó Ruda mientras elevaba su ala derecha y sacaba una pulga de aquella. —Su cachorro mayor no es sólo polos opuestos a usted físicamente pero también es de carácter. Mientras usted no lastima a ningún animal fuera del agua, él ataca al más inofensivo de los animales. Acaba de agredir a la única mascota de humanos viviendo en este bosque,—, terminó entonando su gorgojeo a manera de estar sollozando.

—Ay no, él atacó ¿a mi ángel ladrador?—.

—Sí, aquella a quien todos visitan en su casa. —.

Nena se apuró a la cabaña e incluso olvidó los peces.

El Coronel no pudo dejar de escuchar la conversación porque el graznido de la señora Ruda era ensordecedor. Lástima, él no podía correr o mejor aún, volar hacia la gansa a razón de que los elefantes no tienen semejantes capacidades. La señora Ruda viendo sus intenciones, tomó vuelo.

Él se irguió en sus patas traseras, esparció las orejas a los lados, y soltó un alarido, —¡No mienta, los cachorros son inofensivos!—.

En la cabaña, Nena estaba cara a cara con Osado. Su ojo izquierdo se contraía al chillar,

—¿Qué le hiciste a nuestra huésped?—.

Mientras Loretta se quejaba, el cachorro estaba aterrado por motivo de nunca haber visto a Nena tan enojada con él y bramándole delante de los animales.

—Le pisé la cola.—.

—Nena, él hizo eso porque…—, Rosado empezó a explicar pero Nena interrumpió.

—¡Esto no tiene excusa! ¿Te acuerdas lo que dije de nunca asaltar a un mamífero de fortaleza inferior a la nuestra? Lo recuerdas?—.

Osado fijó sus ojos al suelo. Los bramidos penetrantes de Nena eran inconcebibles.

—Dime Osado, ¿Qué dice nuestra ética ursina acerca de eso?—.

—¡Ella la trató a usted de bestia!—, bramó Osado.

—Es cierto, Nena,—, Rosado insistía en dar una explicación de lo sucedido.

—¡Silencio! Los dos son cachorros traviesos. Vayan a su habitación y no salgan hasta que reconozcan su gran error.—.

Todos los animales aprobaron la decisión de Nena e intercambiaron ejemplos e ideas acerca de apropiados castigos para los jóvenes.

Loretta le aseguró a Nena que ella sólo hablaba a los visitantes sobre su materia de mayor conocimiento: el Hombre.

Nena insistentemente le pedía perdón a la Madam y a sus visitantes.

El mal genio del Conde, seguía en aumento. Se mantenía solo con las orejas agachadas y el rabo entre sus patas, cuidando del jardín e ignorándolos a todos.

Los cachorros pasaron todo el día encerrados en la habitación, aburridos al máximo como pudieran llegar a estar los osos, escuchando las historias de la perra acerca del Hombre y de su estilo de vida.

—¿Qué tiene de especial un animal doméstico? —, bramó Osado, —¿Sólo por haber vivido con humanos? Yo *trabajé* con ellos. ¡Un niño hasta me acarició la cabeza y le rogó a su padre que le dejara conmigo!—.

—¡Oh! ¿Nena sabe eso?—.

—Qué me importa,—, gruñó él sacudiéndose. —¡Yo nunca hago alboroto por cosas así!—.

—Yo tampoco—, respondió el cachorro, siempre deseoso de comportarse tan maduro y mundano como Osado. —Claro mi única experiencia con el Hombre fue cuando vi a mami siendo raptada por la máquina monstruosa, la vez que me atraparon con las telarañas, cuando me metieron dentro del monstruo rondante, y cuando me encerraron. ¿Éstas cuentan como experiencias con el Hombre?—.

—No sé, Rosado, yo sólo extraño los viejos tiempos. ¿Recuerdas, cuando llegué al bosque? Primero me encontré contigo y luego conocimos a Nena. En ese entonces éramos tan buenos amigos.—.

—Sí… ¡Y después los tres descubrimos la cabaña!—.

—¿Recuerdas Nena era como una mamá para nosotros antes de la llegada de esos estúpidos perritos? —.

—Cierto,—, contestó Rosado con nostalgia, pensando en el día en que se conocieron y después se movieron a la cabaña.

—No es que necesite de una mamá,—, Osado añadió rápidamente.

—Yo tampoco,—, agregó el otro, aunque pensaba en lo mucho que necesitaba de una, cuanto extrañaba su verdadera mamá, y lo tanto que deseaba que Nena tomara su lugar.

—¿Estás llorando?—.

Rosado reconoció estarlo. Trató de disimularlo pero no podía. —Erámos como una familia,—, él bramó. —Nena era como mi mami quien me abandonó, y tú como mi hermano, aquel que nunca tuve. —.

—¿Tú quieres ser mi hermano, Rosado?—.

Él asintió con optimismo. —Y mi mejor amigo. Cuando nos conocimos, tú me dijiste que siempre cuidarías de mí.—.

Osado puso una pata sobre el hombro

acolchonado de Rosado.

—Siempre lo haré hermano. Ahora... ¿te parece? démonos un buen chapuzón, ¡como en los viejos tiempos!—.

—¡Me gustaría, pero no podemos! Estamos obligados a quedarnos en esta habitación.—.

—No si escapamos por la ventana,—, contestó Osado clavando su mirada a la ventana abierta.

Saltaron afuera y de pronto Osado reconoció su hambre por los gruñidos de su panza. Desde la esquina miraron la larga fila de animales esperando entrar a la cabaña e intuían que Nena no tendría la cena lista pronto. Sentían también su enojo.

—En lugar de nadar, busquemos algo para comer, —, rugió Osado casi tan fuerte como su ira.

♥ ♥ ♥

Ya estaba bien entrada la noche y Nena entendía que la Madam empezaba a querer comer y dormir más que recibir regalos y atención. Nena anudó cuidadosamente en la cabeza de la perra un precioso moño rosado de seda el cual había sido un obsequio del rico señor Zorrillo, quien lo excavó de debajo de las paredes de una grandiosa mansión para ella.

Nena murmuró unas palabras al oído de su huésped doméstica, y prosiguió al mirador de la cabaña.

—¡Escuchen todos ustedes! Mi honorable invitada, Madam Van Mil, se siente cansadita y necesita cenar. Por esto se despide de ustedes recordándoles que los atenderá con sus regalos mañana al mediodía; no antes, por favor, porque necesita descansar por razones de belleza. Nos veremos mañana por la tarde.—.

Por supuesto, hubo gruñidos de quejas, más los visitantes quienes no habían visto a Loretta ni a sus cachorros, cabizbajos regresaron a sus casas.

Nena preparó un delicioso salmón en salsa para Madam Van Mil y para los ositos, y una gran ensalada de espinacas para el Conde, quien puso en claro su resentimiento de cenar tan tarde.

—Un jardinero se levanta con el sol,—, él refunfuñó. Para rematar, el Coronel rechazó la ensalada de azaí masticada por Nena.

Nena llamó: —¡Osado…, Rosado…, la cena está servida!—.

No hubo respuesta.

—¡Cachorritos… la cena se enfría!—.

Silencio.

Revisó la habitación de los osos encontrándola

vacía.

Con la preocupación acrecentándose, se abalanzó afuera y observó a su alrededor. En el jardín y entre la hierba alta del bosque no había rastro de ellos. El Coronel estaba en el mirador; su mirada era desoladora y sus orejas y trompa abajo.

—Ellos son inofensivos,—, repetía.

Nena con un sentimiento de desazón, volteó hacia la quebrada. Sólo el reflejo de la luz lunar en el agua, le devolvió la mirada.

El Conde, quien decidió no esperar a los demás, miró por arriba de su ensalada. ¿Eran sollozos aquellos? Encontró a Nena boca abajo en el sofá, apretando los cojines.

—¿Adónde se habrán ido mis ositos amados? —.

10

A la mañana siguiente, los cachorros aún no regresaban a casa. Nena llegó a la cabaña después de una tediosa búsqueda. —Cada parte del bosque huele a ellos,—, sollozaba. No podía figurarse que los cachorros habían perseguido varias ardillas y regado su esencia por todo el bosque.

El Coronel se acercaba al mirador. Él también los había buscado hasta donde su pierna mala le había permitido. Encontró a Nena sentada en el mirador llorando. Sus ojos estaban rojos como rábanos brotando de un lodazal.

El Conde se esforzaba lo mejor para cuidar de

ella, susurrando,

—Es culpa de esa perra faldera.—.

—¿Culpa de Loretta?—, sollozaba Nena. —¿Por el ambiente del bosque, explíquese? —.

—A consecuencia de exigir tanta atención.—.

Y como ejemplo seguido, Madam Van Mil, aullaba de hambre con la apariencia de un cojín ladrador. Los cachorritos estaban pegados de su panza chupando sin cesar, con la avidez de siempre.

Nena se embarcó en lo que parecía la más larga caminata jamás emprendida por ella. Ésta fue a unos pies de distancia de la cabaña, bajo los sauces llorones. Su mente estaba dividida en dos.

La mitad contenía las felices imágenes de sus dos ositos y la otra mitad se atiborraba con visiones de los peligros en los que ellos pudieran haber caído.

Sus cansadas patas la condujeron a la quebrada. Cuánto su corazón se había desbordado la primera vez que viera a sus cachorros jugando allí y *…¡sin intrusas! mejor pensado, ¡sin madres!* Esta vez no le importó rectificar su pensamiento.

Su corazón se desplomó al devolverse a la cabaña y ver la línea de visitantes formándose de nuevo. ¡Pero esperen!—¡Cachorritos, ya mamá vendrá por ustedes!—, bramó alucinada.

Llegó jadeando al mirador.

—Mis cachorros...—, resopló. —Mis cachorritos...—, su pecho parecía hundirse como cuando al huir del zoológico cayó al abismo, bramando, —*¡Mis cachorros!*—.

—¿Qué te sucede, Nena?—, le preguntó un mono ardilla.

—Sí, ¿Qué anda mal?—, inquirió un carpincho. En cuanto el Coronel pasó la mirada por él, empezó a aullar, —Un roedor gigantesco, ¡sáquenlo de aquí!—, y se desmayó desplomándose de lado.

El carpincho bajó la cabeza para mirar mejor al gigante desmayado. Sus ojos, orejas y nariz reposaban sobre su cabeza. Volvió su mirada a la quebrada. Parecía extremadamente invitante. El gigante no poseía ninguna amenaza porque obviamente temía de los roedores y entre los de esta clase, él era el más grande del mundo.

—Espero encuentren a los cachorros,—, dijo y corrió derecho a la quebrada.

Nena tomó aire. —¡Mis bebés han desaparecido! Están perdidos desde anoche.—.

—¡Ay, qué dolor!—, suspiró *lady* Iguana.

—¡Nena, debes estar hecha pedazos!—, continuó la señora Ruda, en un tono de completa complacencia.

Las cacatúas, las loras y las cotorras, se juntaron al coro de condolencias fingidas con la señora Ruda. Habría mucho de qué cotorrear al regresar a sus respectivos nidos.

—Lo más doloroso para mi es reconocer que por muchos días he desatendido a mis pobrecitos por concentrarme solo en mi huésped,—, ella sollozó.— Anoche ni siquiera cenaron. Además fui muy fuerte con ellos cuando les reprendí. ¡No debí haberlo hecho, no debí haberlo hecho!—. El volcán dentro de ella erupcionaba dolor.

—¡Uuuí, uuui!—, estallaron los comentarios de las cacatúas, loras y cotorras.

—¡Ruuac! Ruuac!—, detonó el chillido de los cuervos exhibiendo en su aleteo la emoción de una posible cena de carne fresca de oso.

—Deben ayudarme a encontrarlos,—, Nena insistió. —Todos ustedes.—.

Los primos Marmota y Topo se asomaban a ras de tierra y, al oír las palabras entrecortadas de Nena, Topo intervino:

—Podemos ayudar. Posiblemente podremos escuchar sus pisadas desde el subsuelo.—.

Una gentil venada se acercó y frotó su nariz en la mejilla de Nena:

—No te preocupes, nosotros te ayudaremos a encontrar a tus ositos.—.

—¡Ruac, ruac, bramidos, chirridos, alaridos, silbidos, golpes de patas, berreo!—.Todos estuvieron de acuerdo.

—Gracias querida venada. Gracias a todos. Enseguida iré con ustedes.—.

—No Nena, quédate. —intervino el Conde Trottingham,—, tú vigila aquí en el mirador que de pronto regresan.—.

Mientras sus amigos del bosque se esparcían en todas direcciones, Nena se desplomó en la silla del mirador. Lloró y le oró a la Gran Osa Parda del Norte para que le devolviera a sus ositos sin un rasguño.

—Coronel,—, ella le dijo. Él estaba tirado de barriga sobre las escaleras del mirador. —Mas bien, usted quédese y vigile por ellos. Cuando regresen dígales…—, aquí se detuvo para llorar a bramidos. —Dígales que no puedo vivir sin ellos.—.

—Lo haré Nena.—. Él se irguió y se hizo de lado para darle el derecho de paso. —Nena, ellos regresarán. Lo harán. Son buenos cachorros.—.

♥ ♥ ♥

Entre tanto, Osado y Rosado estaban tirados en la hierba, lamiendo las últimas gotas de miel de un panal partido en dos que habían encontrado abandonado al pie de un cedro talado.

—No puedo creer nuestra buena suerte, Rosado. ¿Un panal abandonado? ¡Es algo salido de los sueños de cada oso del mundo! Ni siquiera Nena lo creería.—.

La mención de Nena le recordó a Rosado que estaban solos y desatendidos. —Cierto, ¡No desayunamos con ella!—, reconoció de repente.

—Ni tampoco cenamos anoche. Pero lo más seguro es que ni lo notó. ¡Ahora se mantiene muy ocupada con esa perra y sus ratas recién nacidas!—, gruñó Osado.

—Lo sé y de todos modos, la extraño,—, dijo Rosado mientras se ponía de pie y se desperezaba. —Hecho mucho de menos al Coronel y hasta al conejo gruñón.—.

—Bueno, lo mismo yo, ¡pero mira cómo nos estamos divirtiendo!—, continuó Osado masticando la cera empalagosa del panal.

Rosado miró a su alrededor. —¿Tienes idea de dónde estamos?—, preocupado de ver los gigantescos cedros.

Osado quien estaba desatorando de entre sus dientes las últimas partículas del panal, tomó nota de ellos: —¡Rosado, esos árboles sólo crecen así en la selva!—.

—¿La selva?—, chilló Rosado, —Mamita siempre me advirtió que nunca fuera allá. Decía que los animales de la selva son muy peligrosos!—.

—Eso es pura exageración, hermano.—.

—¿Por qué?—.

—Porque *nosotros* por ser animales salvajes, también somos peligrosos,—, y para demostrárselo, rugió.

Y Rosado rugió con él.

Con los hocicos de par en par y enseñando los dientes, los dos marcharon más profundamente dentro de la selva. Rosado caminaba erguido sobre las patas traseras, imitando así a los hombres para verse tan peligroso como ellos. —Nunca pensé ser un animal peligroso, Osado.—.

—Pues lo eres.—.

—¿Te parezco peligroso?—, preguntó él en una sucesión de chilliditos musicales.

—Si no fueras mi hermano, tu sola sombra me aterrorizaría,—, mintió Osado.

Rosado tomó la delantera saltando alegremente por la oscura selva. Aunque hizo una pausa al tropezar contra una pila de troncos de cedro.

Y un parpadeo después, escucharon un ensordecedor alarido. Este estruendo no se comparaba con ningún otro animal escuchado por ellos.

—¿Qué fue eso?—.

Rosado tenía el hocico abierto y sus pequeños ojos estaban fijos por encima de la cabeza de su hermano. —¡Una máquina monstruosa!—, chilló sofocado.

Osado se dio vuelta y vio un inmenso armatoste en movimiento con dos hombres en su interior. Otro estaba de pie y manejaba un aparato. Era una especie de cinturón metálico de afiladísimos colmillos que giraba, vibraba, retumbaba, y cortaba el tronco de un cedro.

De pronto el ruido del artefacto más grande dejó de retumbar.

—Oye, Carlos—, dijo uno de los hombres de adentro. Aquel con la chatarra cortadora de árboles también calló a su monstruo. Los osos ocultos escuchaban detrás del montón de cedros caídos. El primer hombre llevaba un pedazo de tela sobre su hombro y con ella limpió el sudor de su frente, y volvió a hablar,

—La vegetación está demasiado densa aquí para meter nuestro camión. Vamos al bosque. Allí hay mucha madera y es más fácil cortarla.—.

Esto fue más de lo que los cachorros hubiesen querido oír. De inmediato salieron corriendo derechito hacia *su* bosque.

La primera en ver a los cachorros fue una alerta cacatúa. Estaban atravesando la pradera a toda prisa. —¡Encontré a los hermanos fugitivos! ¡Rrruac!—, gritaba tan alborotada que semejaba una bandada de cuervos hambrientos.

La noticia se divulgó rápidamente. Varios animales concurrieron en la pradera para escoltar a los cachorros de regreso a su hogar.

Nena se apresuró a dirección de la cabaña una vez supo que los habían encontrado. Ella debía ser la primera en darles la bienvenida a casa. Al sentir la esencia de Nena, ellos cruzaban la pradera. Nena salió disparada al encuentro de ellos.

Cuando los cachorros la vieron, cayeron a la grama a sabiendas que su emoción les arrojaría al suelo y de pronto les aplastaría.

Su rostro conmocionado cayó encima de ellos. Lamió sus caras y les estrechó en sus patas tan fuertemente que ellos casi vomitaron la miel engullida al desayuno.

Los fugitivos estaban cansados de correr y se encontraban tan débiles y temblorosos como los cachorritos de Madam Van Mil.

Nena los acomodó sobre la silla del mirador, lamió sus peludas frentes y les trajo un balde de agua para beber, y antes de que los amales se fueran, les agradeció por ayudar en la búsqueda de sus cachorros.

Osado interrumpió:

—¡Esperen, no se vayan!—.

—Él ni siquiera agradece,—, refunfuñó la Señora Ruda a sus amigas.

Rosado continuó, —¡En la selva hay hombres con máquinas monstruosas!—.

—¡Ruac, cloc, cloc, gruñidos, alaridos!—. Los animales empezaron a protestar.

—¡Escuchen todos!—, intervino Osado. —En la selva hay unos hombres cortando árboles como locos y vendrán ahora mismo al bosque a cortar los nuestros. Ya derrumbaron cientos de ellos en la selva. Donde talaron no hay animales. Incluso las abejas han abandonado sus colmenas.—.

Rosado se lamió el hocico culpablemente.

—¡Eso no puede ser! Los humanos no hacen semejantes cosas,—, protestó Madam Van Mil. Finalmente había dejado la cama y estaba ahora junto a la puerta de la cabaña mirando con desagrado a los animales. —¿Van a escuchar a dos jovencitos?—. Aunque la perra se sentía a gusto con los animales, no se le comparaba a la compañía humana.

Osado se encaró a la perra. —Usted vivió en casas con ellos y quizá no pudo ver sus hazañas cuando deambulan por sitios que no les pertenecen.—. Osado se dirigió a los animales, y continuó, —Ellos me raptaron de mi bosque templado y me llevaron a un lugar donde era forzado a actuar junto a otros osos para su entretenimiento. Esa es su mayor hazaña. Y Nena tiene una historia similar.—.

Todos los ojos se dirigieron a la osa Parda, pero ella no podía obligarse a hablar en contra de los humanos delante de toda la comunidad del bosque.

—Diles,—, Osado le suplicó. —Confiesa, cuando eras apenas una cachorra te sacaron de tu bosque de Norte America y te encerraron en una jaula. Cuéntales cómo hubieras muerto y no de vieja sino de aburrimiento, de no haber escapado.—.

Nena bajó los ojos al suelo y pensó en Pedro.

—La mamá de Rosado también fue raptada de este bosque y si no hubiera sido por Nena quien sabe adónde estaría.

¡Ahora si no hacemos nada, esos hombres arruinarán nuestro bosque y nos llevarán con ellos para exclavizarnos!—, Osado bramó.

Los animales se miraron con incertidumbre. ¿Sería posible que este cachorro de verdad quisiera pelear con los humanos? ¿Empezar una *guerra* con ellos? Ni siquiera Rosado parecía creer que semejante locura fuera una buena idea.

—Tenemos que marchar juntos hacia donde los hombres piensan empezar a destruir el bosque. Si les demostramos nuestra fuerza se asustarán, y con suerte, regresarán a su mundo y nos dejarán tranquilos en el nuestro,—, alarió Osado.

—¡Gran Osa Parda del Norte, ten piedad de nosotros!—. Claramente era Nena la más asustada de todos.

—Su propuesta es vergonzosa,—, dijo una rana venenosa dardo, manteniendo una prudente distancia del resto. —El Hombre nos verá como criaturas incivilizadas.—.

Otros estuvieron de acuerdo. Quedaba de parte del Señor Salvaje, el huangana, chancho del monte (quien toda su vida había tartamudeado excepto hoy,) para que intercediera en defensa de Osado.

—Dulce rana dardo, un día podrías llegar a ser usada de arma para el Hombre (e irónicamente, las tribus indígenas usan el veneno de la rana venenosa en las puntas de dardos y flechas). Querida Nena, a ti fácilmente te regresarán a ese zoológico de donde escapaste.—.

—Muy cierto,—, un gran tapir repicó. —Los humanos nos consideran inferiores a ellos. Creen tener derecho de cazarnos, tomar calor de nuestras pieles, comer nuestra carne…—.

—Y de esclavizarnos para su entretenimiento. Incluso si nos respetan la vida, ellos se apoderarán de nuestro alimento y destruirán nuestro hogar,—, bramó Osado por primera vez como toda una fiera.

Todos los animales comenzaron a aullar, dar alaridos, bramar, gruñir, saltar, patear y revolotear fuera de control.

—Entonces ¿qué esperamos?—, preguntó el señor Salvaje, —¡Vamos a su encuentro!—.

—¡Sí, adelante todos! ¡A proteger nuestra libertad y nuestro hogar, lo que por derecho nos pertenece!—, chilló un águila quien volaba por encima de los demás animales. —¡Uy, eso se oyó verdaderamente bien!… ¡No sería raro que los humanos me hicieran símbolo de la libertad!—.

Una ovación retumbó. Los animales estaban de acuerdo. Osado volteó a observar la reacción de Nena.

—¿Estás con nosotros?—.

Nena lo consideró un momento…entonces asintió, —No podría dejarles ir solos. Recuerden, doy mi vida por ustedes, cachorritos.—.

—Caminaré al lado tuyo y de tus cachorros, Nena,—, propuso el Coronel.

—Pero tu pata mala, Coronel, ¿estás seguro que quieres venir?—.

—Tengo una pata mala pero no un mal corazón, yo iré,—, aseguró él ondeando sus orejas.

Los animales marcharon como uno solo detrás de Nena. De repente, un berrido agudo los paralizó a todos.

—¿No se olvidan ustedes de alguien?—, ladró Madam Van Mil, todavía de pie a la entrada de la cabaña. Temblaba emocionada con la perspectiva de ver a los humanos. Sus planes eran llamarles la atención; acercarse a ellos, menearles la cola, lamerles y esperar lo más maravilloso… ¡una caricia en la cabeza!

—¡Ay, lo siento, mi amado copito de algodón! —, sollozó Nena corriendo hacia la perrita, —Pero mi cielo, ¿y cómo están tus perritos?—.

—Están durmiendo en su cuna.—.

—¡Mi panal de miel celestial, tus bebitos no se pueden quedar solos. Abuelita Pelícano,—, Nena volteó hacia el ave de largas patas, —¿Podría cuidar de los cachorritos mientras regresamos?—.

Para un ave avejentada quien dudaba de su habilidad de asustar hasta al más tímido de los humanos, aquello sonaba como una magnífica idea.

—Ahora si... ¿Alguno de ustedes me puede ayudar con el transporte de mi hojaldra de miel?—, rechinó Nena.

Un avestruz se abalanzó, acompañado de cuatro ardillas y de una paloma volando.

—Yo soy el animal más rápido del bosque,—, dijo el avestruz. Madam Van Mil puede montarme: Yo la cargaré.—.

—¡Yo le traeré el cojín!—, propuso una ardilla, brincando dentro de la cabaña, seguida de otras tres. Entre todas sacaron el elegante cojín francés. Nena lo recogió y lo puso sobre el lomo del avestruz. Mirando a Madam Van Mil le dijo, —Lo siento, querida, pero voy a necesitar el moño de tu cabello.—.

—Sírvase usted—.

Nena puso el moño de Loretta sobre el cojín.

—Permítanme ayudarles—, gorgojeó la paloma y tomando la cinta con su pico, enlazó el cojín alrededor del lomo del avestruz y lo aseguró con un nudo firme.

Nena depositó a la perra encima del cojín. —Ahí quedas bien, mi palomita de maíz. Ahora ten mucho cuidado. Préndete con tus delicadas patitas de los bordes del cojín. Doña Paloma, por favor, vuele por encima de mi protegida y cuide que no se caiga. Señor Avestruz, usted tiene una pasajera muy importante. Por favor, vaya despacio; mucho cuidado porque el bosque está lleno de altibajos.—.

En ese preciso momento, el Conde Mateo Trottingham III salió corriendo de la cabaña, agitando en el aire su *arma,* el arco de violín.

—¡Yo también me uno a la causa!—.

—¿Estás seguro?—, preguntó Nena.

—Absolutamente. Escuché el elocuente discurso de Osado y fui conmovido. Es más, escoltaré la marcha ¡Y seré el primero en perder las orejas en el campo de batalla!—, y silbando estas palabras, corrió al frente de la manada.

Ningún hombre jamás se había confrontado con una visión como la de aquellos tres leñadores. Al menos, ninguno quien haya vivido para contarlo.

Pero antes de verla, ellos la *oyeron.* En el callado momento en el que una orgullosa lupuna blanca cayera, el sonido creció.

Gorjeos, trinos, golpeos, gruñidos, graznidos, bramidos.

¡*Alaridos!*

Y aunque todos estos eran sonidos normales de animales, nunca se habían oído en *unísono.*

Los hombres miraron a todos los animales de tierra juntos como si fueran uno, ¡incluyendo a un gigantesco elefante africano! ¿en el Amazonas? Y las aves volando y descendiendo en picada encima de ellos.

—¿Carlos, ves lo mismo que yo?—, preguntó el conductor del camión.

Carlos dejó caer al suelo su sierra, y pronto la recogió de nuevo. —No le doy crédito a mis ojos.—.

Los animales se veían serios—seriamente serios. Todos excepto una.

—¡Guau, guau, guau!—.

—¿Loretta?—, Carlos soltó un grito ahogado. Madam Van Mil saltó del avestruz y fue corriendo hacia él.

Batiendo la cola puso su lengua en extasiado uso lamiendo los deliciosos zapatos enlodados de su antiguo dueño.

—Carlos miró a los otros hombres. —Pensé que había muerto. La tiré a la carretera hace algunas semanas mientras empezamos a taladrar esta zona. Es la perra más cansona que haya conocido en mi larga vida. ¡Lárguese con tu cobija!—, gritó tirando sobre ella la tela con la cual se había secado su sudor. Seguidamente le propició una patada fuerte en su barriga. Loretta aterrizó echa una bolita enrollada en su cobija de lana. Estaba empapada del sudor de su amo. Ella la lamió. Los animales se enfurecieron.

—No debiste haber hecho eso, Carlos.—.

Osado miró a Nena. Había una mirada en sus ojos nunca antes vista. La osa parda miró a Osado, después dirigió sus ojos a Loretta. El cachorro comprendió su significado. Despegó carrera y levantó del cuello a la herida mascota de humanos, y le brindó consuelo.

Rosado quien estaba aferrado a la pata de Nena para protección, sintió cuando ella suavemente aflojaba su apretado agarre.

Entonces, Nena bramando, echando baba espesa y tirando zarpazos con las garras delanteras, se abalanzó sobre aquellos hombres. ¡La bestia salvaje de su interior de nuevo, se liberó!

—¡Aaah!—, gritaron los hombres mientras se lanzaban al camión a refugiarse. La sierra cayó al suelo por la prisa de los hombres al entrar en el vehículo.

Aseguraron la puerta tras ellos. Sus ojos estaban fijos en el parabrisa, por donde veían una osa gigantesca *levantando* la parte delantera del camión, como si quisiera aventarlo con ellos adentro.

La sierra al caer al suelo soltó un ensordecedor chillido porque al aterrizar al suelo se prendió el botón.

Nena volteó la cabeza hacia el aparato. Soltó el vehículo y se abalanzó hacia la mandíbula giratoria de dientes metálicos. La levantó del asa y la arrojó sobre el camión.

Los hombres bajaron la cabeza y gritaron, sintiendo como si la sierra pudiera romper el techo—y sus cráneos—en cualquier momento.

El conductor encendió el motor y arrancó en reversa a toda velocidad. El camión tropezaba contra los derribados y atravesados árboles, y de milagro no chocaban contra aquellos todavía de pie.

El alarido del monstruo metálico se desvaneció en un quejido mientras desaparecía en la distancia. El Hombre se había marchado junto con el hedor de sus motores y sus herramientas, y una vez más volvió a reinar la paz de la Naturaleza.

Nena recogió la mandíbula asesina de árboles. Había cesado de rugir. Por lo visto había satisfecho su apetito porque ya no mordía ni derribaba a sus víctimas. Se dirigió hacia el borde de la pradera. Los demás animales la observaban en completa incredulidad, perplejos de haber sido testigos de un acontecimiento histórico. Era la primera vez en el bosque en que los animales habían desafiado a los humanos. Nena levantó el artefacto por encima de su cabeza y bramó:

—¡Hemos matado el ruido de ellos! ¡Hemos matado su matanza!—.

Los animales rugieron, aplaudieron y saltaron de emoción. Nena arrojó la sierra hacia la selva, con la fuerza aportada de la furia y del dolor. Aunque no lo crean, hay quienes aseguran que en aquella ocasión los animales hicieron algo contrario a su naturaleza: ¡Se rieron!

La comunidad del bosque regresó a la cabaña al lado de la quebrada, todavía muy alborotados por el encuentro con las bestias de dos patas. Osado depositó a Loretta Van Mil sobre la silla del mirador. La perra tenía los ojos cerrados y el ondulado pelo alrededor de ellos estaba empapado en lágrimas.

—¡Semejante vergüenza!—, graznó la abuela Pelícano una vez se enteró de lo ocurrido.—Yo estaba aquí cuando ella, llegó ¿Sabían? Era un lamentable bicho, y ahora sabemos por qué.—.

Hubo un cotorreo de cacatúas parecido al estallido de la sierra en el momento de estrellarse contra los árboles.

—¡Ella nos mintió!—, indicó doña Ruda quien, debe indicarse, observó el confrontamiento de los humanos desde una distancia significante. —Cuánto quiso hacernos creer que su amo la adoraba. Mírenla ahora… ¡La supuesta distinguida mascota de humanos fue pateada por su propio dueño! Tengo entendido que ésa es la peor desgracia para un ejemplar canino.—.

—¡Paren de criticar!—, reaccionó Nena. —Madam Van Mil no tiene la culpa de la crueldad de algunos hombres. Ella fue una mascota fiel, ¡*Además* tuvo el valor de caminar sola estando embarazada, hasta llegar a esta cabaña! Eso requiere de valentía lo cual muchos de ustedes no tienen, aunque les sobra picos para criticar.—.

Entró a la cabaña y regresó con un balde lleno de agua tibia. Se arrodilló junto a su mascota de hogar humano y suavemente masajeó su barriga. Estaba hinchada y tenía una fea veta morada donde la bota de su amo le había golpeado.

—Descansa, copito de algodón. Muy pronto te recuperarás,—, sollozó Nena.

Madam Loretta Van Mil parecía no recuperarse. El dolor en su barriga era constante, pero, Nena sabía que la peor herida estaba en su destrozado corazón. Haber sido rechazada y pateada por su amo era suficientemente doloroso, pero el que los animales del bosque lo hubiesen presenciado…era algo de lo cual una criatura de la talla de la Madam nunca podría superarse.

Los eventos de ese día habían dado a las ganzas, papagayos, cacatúas, loras, y cotorras *mucho* argumento de cotorreo; sus constantes graznidos habían hasta enmudecido la caída de la catarata a la quebrada. Peor aún eran los gritos de los cuervos anticipando con fervor la muerte de la perra que sacudían más los sauces llorones que la inminente llegada del invierno.

Enrollada en su cobija de lana olfateando el dulce aroma a sudor de su amo, Madam Van Mil renegaba de la suerte de tener la facultad de oír. Ahora hasta se había vuelto devota de la Gran Osa Parda del Norte, y le suplicaba unas cuantas cosas en este orden:

- Parar el pesado cotorreo de la bandada de aves chismosas
- Aplacarle el apetito a los cuervos, y
- Devolverle su leche.

La patada de su dueño la había secado. Nena alimentaba a los perritos con la leche de la familia Cabra, lo cual hacía sentir a Loretta muy inútil.

Para colmo, había quedado ahora sin visitantes. Ocasionalmente un ciervo o una paloma pateaba o picoteaba la puerta para preguntar por Loretta, y algunas veces hasta se acordaban de llevarle una inservible mora silvestre o alguna bellota.

Cuando un invitado llegaba a cenar, la conversación parecía innatural y el temor de decir algo indiscreto delante de ella era constate, además la palabra *"Hombre,"* ¡Era prohibida!

Entretanto, Nena estaba nerviosa por la llegada del invierno. Se preocupaba por la incapacidad del Coronel de masticar sus alimentos.

La atormentaba que durante su hibernación no podría atender las necesidades de Loretta, de los perritos, del Coronel, y del Conde Mateo Trottingham III. Todo aquello era lo suficiente horrible de contemplar, más pensar también de no estar disponible mientras su bella mota de algodón estuviera enferma…era demasiado para soportar.

Hoy Nena se paseaba por el corredor con la cabeza latiendo en preocupaciones aunque la entrada del conejo jardinero equilibrando dos zanahorias sobre su arco de violín, confundió un tanto el estado emocional de la osa.

—Conde Mateo, por favor venga conmigo.—. Mientras pasaban por el comedor, la trompa del Coronel estaba olfateando la mesa. Tenía el aroma de bananos, una de sus frutas favoritas.

Cuando Nena vio al Coronel, dijo —Usted también Coronel, venga a la ventana de mi habitación.—. Él llegó a la ventana contigua y esperó.

El conejo siguió los pasos de Nena a su alcoba y bajó la mirada para no arriesgarse a hacer contacto con la perrita de lanas Francesa. Tenía remordimiento por todas las cosas malas que había dicho de ella.

—Debo anunciarles a los tres que muy pronto mis cachorros y yo embarcaremos a nuestra función anual ursina invernal lo cual significa dormir por seis largos meses,—, dijo Nena. —Pero antes de pensar en descansar, necesito tener la seguridad de que los tres van a estar bien en todos los sentidos. Me deben prometer mantenerse alimentados. Madam Loretta y Conde Mateo Trottingham por favor mastiquen los alimentos del Coronel para que no muera de hambre. —. Aquí se detuvo a limpiarse los ojos con su pata. —Llévense bien como animales decentes y cuiden a los perritos. Recuerden, los cachorritos desatendidos tienden a escapar.—.

Se desplomó a la orilla de su cama.

—No te preocupes, Nena—, dijo la Madam, echando un vistazo a la ventana donde un cuervo posado en el alféizar la observaba como un sabroso pedazo de carne.—Estoy segura que el conejo se sentirá honrado de cuidar de mí. Su responsabilidad consistirá en traerme pescado de la quebrada y ocasionalmente cangrejo, tres veces al día.—.

—¡No lo haré!—, despotricó el Conde. Esto lo hacía cuando sus dientes castañeteaban.

—¡No hay manera de fundirme en hibernación!—, bramó Nena.

Dos cuervos más se juntaron con el primero y ahora observaban a la perra y al conejo como un plato con dos tipos de carne.

El Coronel se alejó de la ventana y soltó un poderoso bramido elevando su trompa alto en el aire. —¡Ustedes son dos insignificantes y egoístas rastreros! (quiso bramar insectos pero desconocía aquel término) —Nena, tú ve a descansar y nosotros nos cuidaremos. Yo pescaré para la Madam. A cambio, ella masticará mi comida. El Conde cuidará de sí mismo y Madam cuidará de sus cachorros. ¿De acuerdo?—, terminó estremeciéndose y metiendo su cabeza por la ventana, y estiró su trompa hacia el conejo y con su punta le mordisqueó una oreja.

—Oh, yo… yo, no veo por qué no. ¡Esto es ciertamente muy aceptable!—, chirrió el conejo, alejándose de la amenazante trompa. Sus orejas se desplomaron hacia los lados como si la trompa del Coronel le hubiera dado un poderoso golpe.

Loretta elevó la mirada a la rama del sauce donde ahora toda una manada de cuervos graznaba con la emoción desmedida que sienten los carnívoros por carne recién cazada.

—Yo también estoy de acuerdo; le masticaré los alimentos al Coronel y él me traerá comida,—, la perra ladró pensando más en todo aquello sabroso que podría comer mientras lo menos apetitoso se lo daría al elefante.

—¡Entonces hemos llegado a un acuerdo, maravilloso! Gracias, gracias a los tres. ¡Esto es más de lo esperado!—, dijo Nena de nuevo secándose los ojos.

—Bueno, ahora, por favor, ¿me excusan? Debo empezar a prepararme y a alistar a mis cachorritos.—. Trémula, Nena salió de la habitación y se dirigió al dormitorio de los osos. Los cachorros se divertían en el piso. En medio de ellos, uno de los perritos de Loretta estaba echado con el hocico de para arriba. Tenía entre sus patas su juguete favorito: un carrete sin hilo.

—¿Qué hacen con ese perrito? —, les preguntó Nena.

—¡Jugar!—, respondió Rosado.

—¿Sabe Madam Van Mil que su cachorro está fuera de la cuna?—.

—Sí,—, gruño en tono bajo Osado. Era fabuloso tener a Nena comportándose como una mamá de nuevo aunque no le gustaba ser tratado como un bebe.

—Bueno es hora de devolverle el perrito a su mami,—, ordenó Nena —porque debemos empezar a prepararnos para nuestro descanso invernal. La primera gestión es: tomar un buen baño de tina. Los espero en el baño.—.

Nena no había visitado el baño por un tiempo. ¡Ellos lo habían transformado! En la pared colgaba una pintura de tres osos y el retrato, un poco roto, de un conejo.

El cómodo taburete donde Madam Van Mil había recibido a sus invitados, estaba junto a la bañera con el pato de goma encima, su antiguo patito que ella perdiera al escaparse del zoológico, y que el señor Búho, su primer invitado a la cabaña, le trajera de obsequio.

Nena nunca se había sentido más como una madre.

Cuando los cachorros regresaron, Nena los acercó a ella en un abrazo.

—¡Nena, si tu lloras más encima de nosotros, no necesitaremos bañarnos!—, protestó Osado.

—No, ¡Nosotros no queremos que eso suceda!—. Ella abrió el grifo y empezó a llenar la bañera.

—Espérenme aquí, voy a traerles toallas frescas.

Nena salió. Los cachorros miraron la botella de jabón de espumas y después se observaron el uno al otro, y en ese momento los dos se lanzaron de picada a tomar aquel frasco.

La botella abierta cayó al agua.

—¡Oh, oh!—, dijo Rosado. Osado tenía una mirada traviesa. Ninguno de los cachorros se apuró a rescatar el recipiente del agua.

Las burbujas empezaron a crecer.

Con una rápida mirada afuera del corredor, Osado agarró el recipiente de jabón y exprimió hasta la última gota en la bañera. —Nena no se enojará,—, aseguró Osado.

—¡Nos ama demasiado!—, acordó Rosado.

Nena regresó a un volcán de burbujas. El sol entraba por la ventana y pintaba un arco iris a cada lado. Nena suspiró. Aparte de sus cachorros, jamás había visto algo más hermoso.

—Cachorritos, entren,—, ordenó ella. No necesitó repetirlo. Los cachorros prácticamente desaparecieron entre las burbujas.

—¡El pato de goma!—, pidió Rosado. Nena se lo arrojó a ellos. Entonces se sentó en el taburete y disfrutó del gozo de ellos, haciéndolo suyo también.

En ese momento, una enorme y colorida mariposa, aterrizó sobre el alféizar de la ventana, llamándole la atención. Su colorido era el de las pompas de jabón bañadas por el sol.

Observó mientras la mariposa aleteaba sus alas y por un momento creyó que la figura de la criatura parecía casi humana. El alado visitante tenía rostro delicado, torso diminuto, un par de piernas, y brazos delgaditos.

Segundos después parecía hacerle una venia a Nena. Ella cayó del taburete.

—¿Qué está sucediendo?—, preguntó Osado.

—Oh, nada,—, contestó Nena, regresando a su taburete.

—No tú,—, replicó Rosado.

—Cuac,—, sonó una voz que debió haber sido de Osado.

Nena forzó sus ojos y negó con su cabeza. *¿Diminutos humanos voladores aterrizando en el alféizar de su ventana? Tonterías,* meditó.

—¿Qué te está pasando?—, le escuchó decir a Osado.

—Nada,—, respondió ella.

—Quiero decir, ¿Qué le está pasando al pato?—, continuó Osado.

—El agua puede entrársele y hacerlo hundir,—, respondió Nena quien había devuelto su mirada a la mariposa con aspecto de humana, quien ahora ciertamente estaba agarrando una diminuta vara plateada y la ondeaba.

—Pienso que eso no está pasando,—, replicó Rosado.

Nena empezaba a preocuparse ante la posibilidad de estar perdiendo la razón. Después de todo, el confrontamiento con el Hombre en el bosque y en su dominio había sido muy angustioso para ella. Había tenido tanto respeto hacia ellos, criaturas tan inteligentes con la capacidad de fabricar artefactos tan fascinantes como su pato plástico.

De repente, la mariposa con figura de damita se dio vuelta y despegó.

—¡CUAC, CUAC!—.

—¡Osado, deja de hacer ese ruido!—, Nena de inmediato reconoció haber hablado con mucha dureza.

—¡Nena, Nena, ayudenos!—. Ella finalmente miró a los cachorros. Estaban de pie en la bañera bramando a todo pulmón.

—¡Nena, el pato!—.

Ella volvió la borracha cabeza hacia la bañera. En la mitad de ésta, en medio de un montón de espumas, nadaba un suave, emplumado y amarillo patito. Sus ojos titilaban, sus alas aleteaban ¡y su pico no paraba de repetir: Cuac, cuac!

—No puedo creerlo, mis malos ositos tenerle miedo a un diminuto juguete.—.

—¡Ese es el pato PLÁSTICO!—, se despepitó Rosado.

Nena cayó del taburete, nuevamente, y ésta vez en completo desmayo.

12

Al volver en sí en su cama, Nena se encontró mirando arriba a la comunidad alada, y a sus costados a las comunidades de los mamíferos, los reptiles, y los insectos. La única faltante por no haber aprendido a respirar fuera del agua y a desplazarse de ella era la comunidad acuática, aunque varios salmones saltaban de la quebrada con los ojos fijos en la ventana de la habitación deseosos de ser parte de la celebración del inicio de la hibernación de los osos.

¿Cómo pudieron tantos animales caber en su habitación? Era imposible sospechar en la habilidad de la cabaña de agrandar sus dimensiones. Estaba tan orgullosa de su popularidad que se había inflado y como muestra, todos los ciudadanos del bosque pudieron entrar a visitar a Nena.

Madam Van Mil estaba junto a la cama (parada ni más ni menos que ¡en sus patas traseras!) sosteniéndole a Nena una pata delantera. Su rosada panza todavía estaba hinchada. Los ositos se encontraban sentados a cada lado de Nena. Rosado con descuido acunaba entre su pata, un pato vivo. Éste parecía extrañamente familiar.

Nena empezó recordando algo semejante a un sueño donde aparecían iridiscentes pompas de jabón, una mariposa *humana* y su pato plástico convertido en uno de verdad. Ella desmintió con la cabeza como borrando semejante tontería.

Observando a todos sus visitantes, preguntó, —¡Gran Osa Parda del Norte!, ¿Explíquenme, qué pasó?—.

—¡Te desmayaste, mamita!—, dijo Rosado.

—¡Entonces eso fue! Pero…¡Aaah! ¿Me acabas de llamar mamá?—, Nena sintió que en el centro de su gran barriga, en el punto donde siempre los espasmos y estrujones le indicaban tener hambre, se desgarraba como un volcán erupcionando miel.

Desde este momento, su hambre nunca sería desmedida porque ahora ella estaba satisfecha, repleta de amor y de la magia de ser madre.

Rosado al verle su rostro paralizado de la emoción y por la inesperada palabra que saliera de él, abrió de par en par el hocico. Había cometido una gran imprudencia, Nena no podía sobre-emocionarse. Llorando lágrimas de felicidad, Nena apretó a Rosado contra ella, después a Osado.

—¿Pero por qué ustedes *todos* están aquí?—. Nena se maravilló de sus aullidos a sazón de haber salido de ella sin querer.

—Para apreciar la magia de su casa, —, respondió el Reverendo Faisán. Todos los visitantes estuvieron de acuerdo.

—¿Magia?—, preguntó Nena. —Por favor explíquese.—.

—Mami, el pato,—, insistió Osado. Nena al escuchar por segunda vez la palabra más maravillosa del mundo, pronunciada por su otro cachorro, de la emoción, su panza se dobló en tamaño como una madre esperando bebés.

Sus alimentos favoritos: la miel, el salmón y las moras, habían dejado de tener el deleite de siempre. ¡Ahora su panza, paladar, y lengua estaban empalagados del exquisito sabor maternal y de la dicha de estar por pasar su primera hibernación en libertad y en compañía de sus cachorros!

—El pato de goma se volvió real, —, continuó Osado. *Entonces eso era una memoria, no un sueño, así como tampoco es un sueño el hecho de que ahora soy mamá!* pensó Nena.

—Aunque todos sabemos que los patos de plástico, como todo lo fabricado por el hombre, no pueden tomar vida,—, razonó ella. —Ustedes cachorros están jugando conmigo, y mientras eso está permitido, no está bien hacer la misma broma con nuestros amigos y vecinos.—. Ella miró a los cachorros fingiendo desaprobación maternal.

Osado meneó la cabeza. —Muéstrale,—, le dijo a Rosado.

El cachorro acercó a Nena el verdadero pato para permitirle observar su parte inferior. Impreso en medio de las diminutas plumas había un conjunto de letras familiares.

Éstas tenían escrito, —Hecho en Colombia.—.

Nena luchó para respirar. Ningún animal pudo haber escrito aquello. Se requerían de manos y dedos humanos.

—Siempre supe que había algo especial en este lugar—, graznó la abuela Pelícano.

—¿Sabían? Los salmones me condujeron aquí. Nacidos en agua dulce, ellos crecen en el mar, después regresan al lugar donde nacieron para poner sus huevos y morir. Un día estuve a punto de engullir un salmón, pero ella me suplicó,

No lo hagas. Sígueme; déjame poner mis huevos, y entonces podrás llenarte de mí. Le pregunté: —¿Por qué debo esperar? Y ella respondió, *porque te mostraré el lugar más maravilloso.* ¡Y así fue!—.

—Yo no sé si este sitio fue siempre mágico, o si nuestra querida Nena lo volvió así,—, observó el Reverendo. —Pero pienso que todos estamos de acuerdo en declarar que la magia más fuerte está en esta casa la cual ella llenó con tanto amor y aceptación.—.

La pequeña habitación estalló en aplausos de aprobación. Las aves chismosas se congregaron al lado de las gansas salvajes para recordar las amables experiencias compartidas dentro y a los alrededores de la casa mágica.

Los cuervos, no siendo tan optimistas por naturaleza y observando que nadie estaba muy cerca de morir, volaron renegando de la escasez de alimento. (¡El mejor sitio para los cuervos, indudablemente estaba en el dominio del Hombre!)

Los ojos de Nena se hacían pesados. Volvió la cabeza a la ventana. La niebla cubría los sauces llorones y la quebrada no podía divisarse por el manto blanco de neblina. El invierno había llegado imponiendole a los osos un sueño invencible. Osado y Rosado comenzaron a bostezar.

—Échate aquí al lado mío,— , dijo Nena.

—No tengo sueño,—, insistía Osado, de igual manera como lo hace todo niño alrededor del mundo, aunque se acomodó a un lado de Nena y Rosado al lado opuesto.

—No te puedes dormir todavía, mamita. ¡Quiero decir, Nena!—, Rectificó Rosado. —Tienes que tomar tu baño. ¡Osado y yo preparamos la bañera para ti. Ay, aunque ¡sin burbujas!—.

—*Mamita* es maravilloso. ¡Dime así toda la vida! ¡Buenas noches a todos! Me gustaría tener la energía de prepararles un guisado de salmón pero…—, Envolvió sus enormes patas delanteras alrededor de sus amados cachorritos y sus ojos se cerraron.

—Dulces sueños mamita—, los cachorros le gimieron, besando sus mejillas laceradas.

—¡Tus mejillas están arañadas, mamá!—, dijo Osado cerrando los ojos.

—Amo mis aruñones porque los he ganado. Ellos representan lo que he hecho por ustedes y por nuestra libertad.—.

Nena al sentir los amados cuerpos de sus cachorros junto a ella, bramó, —¡Mis cachorros!—.

Recordó la primera vez en que soltó este alarido mientras caía al precipicio en el momento de elegir la muerte a cambio de la prisión impuesta por el Hombre. Hoy soltaba el mismo bramido sintiendo una sensación de ascenso. Era felicidad suprema, descanso, y plenitud. Se sentía en el paraíso de osos, bajo la vigilancia de la misma Gran Osa Parda del Norte.

—Recuerden, pequeños,—, ella susurró, —donde hay amor hay magia.—.

—Que tengan un sueño cargado de dulce miel,—, les deseó el Conde Mateo Trottingham III.—.

¡Al despertar, el patito será un pato grande y nadará en la quebrada, y los perritos habrán crecido y corretearán por toda la cabaña!—.

—¡Duerman en paz!—, bramó el Coronel erguido al lado de la ventana de la habitación. Metió la trompa por la ventana y la restregó sobre las frentes de los tres osos. —Sepan que estaré vigilando esta cabaña porque abriga a los tres seres quienes me dieron la mejor vida que he conocido.—.

♥ ♥ ♥

En el dominio del Hombre, sin poder dormir, estaba Pedro, el antiguo guarda del zoológico y el otrora cuidandero de Nena. No tenía trabajo ni reputación y todo para temer. Él también tenía algunas palabras para Nena, —En unos meses iré a buscarte. Eres mi única salvación como yo también lo soy para ti. ¡Sin mi cuidado no podrás sobrevivir en el salvaje bosque y yo no podré comer!—.

♥ ♥ ♥

—¡Les deseo un buen sueño a los tres! Nos veremos la próxima primavera,—, ladró Madam Van Mil mientras ella y el conejo cubría las patas de los osos con su abrigada cobija de lana.

Otros Libros de la Autora

El Árbol de la Vida
Estado de Luz

La Serie Mágica:

La Casa Mágica
El Bosque Mágico
La Finca Mágica
La Selva Mágica
El Océano Mágico

Los Héroes Mágicos:
La Niña y el Papa
Zenobia y sus Muñecas

Próximamente de la Serie Mágica:

Los Glaciares Mágicos
Introducción al Reino Mágico
El Reino Mágico
El Imperio Tecnológico

Próximamente de Los Héroes Mágicos:

La Vida Sobre la Nota de una Bella Melodía
Una Carta al Cielo

Acerca de la Autora

Claudia Carbonell nació en Cali, Colombia. Empezó a escribir cuentos cortos a los diecisiete años. A los diecinueve su carrera como escritora oficialmente empezó cuando el popular periódico El Meridiano del Ecuador, aceptó a Claudia como columnista. Continuó escribiendo y estudiando y posteriormente retornó a los Estados Unidos donde recibiera varios grados y reconocimientos.

Claudia escribe principalmente para la audiencia infantil y juvenil. Sus libros mayormente están centrados en la temática del medio ambiente y acerca de niños que están cambiando el mundo. Sus dos principales obras se titulan *La Serie Mágica* y *Los Héroes Mágicos.*

Claudia también es asesora de vida, terapista de familias y de parejas e hipnoterapista clínica. Reside en el Sur de California, Estados Unidos, con su esposo, Aaron, y su mamá, Lola. Sus dos hijos: Brigitte Chantal y Andrew Phillip viven cerca, y de vez en cuando comparten con ella su adorable Chihuahua, Zoe.

Comentarios de la Serie Mágica

Deliciosa combinación de fantasía y amor a la Naturaleza: embriagado por las imágenes y los personajes, el lector se va adentrando en una trama llena de guiños y alusiones que tocan a la puerta de su conciencia y lo obligan a cuestionarse acerca de los atentados de la humanidad contra el mundo natural —los animales, las selvas, el agua…—. Esta obra, en la que las dotes narrativas y pedagógicas de la autora se entrelazan admirablemente, es una extensa y amorosa fábula, muy pertinente en estos apocalípticos albores del siglo XXI y cuya moraleja, sobre todo si son niños quienes la descifran, incidirá, sin duda alguna, en el viraje que obligatoriamente hemos de dar si queremos librarnos de nuestro inminente naufragio como especie.

La incuestionable pericia narrativa y la habilidad para modelar personajes de Claudia Carbonell hacen desfilar por la memoria del asombrado lector a algunos de los más grandes creadores para niños: Lewis Carroll, Hans Christian Andersen, Michael Ende, Walt Disney…

Esperamos "vorazmente" la continuación de esta maravillosa Serie Mágica.

—Roberto Pinzón-Galindo Editor Asociado Instituto Caro y Cuervo, Bogotá Colombia

La Casa Mágica

La casa mágica, de Claudia Carbonell, combina la poesía del lenguaje con la frescura de su prosa. En esta deliciosa obra aparecen retratados caracteres creíbles y muy humanos... aunque anden por el mundo a cuatro patas. La trama nos atrapa desde el primer momento. Las aventuras de Nena la osa, y de los ositos Osado y Rosado, no dan tiempo para dejar el libro a un lado. Por otro lado, el aristocrático conejo (Conde Mateo Trottingham III), por más señas vegetariano, se une a la improvisada familia ursina. Y hay una perrita llamada Loretta con una triste historia de fidelidad mal pagada…

Ésta es una fábula de amor a la libertad, a la independencia, a la amistad y a la familia. Los ositos, su madre adoptiva y el resto de los bien trazados personajes, nos transmiten conflictos con los que todos (niños, jóvenes y ya no tan jóvenes) nos podemos identificar fácilmente. ¡Ahora esperamos por la continuación!

Teresa Doval, autora: A Girl like Che Guevara (Soho Press, 2004), Posesas de La Habana (PurePlay Press, 2004) y Muerte de un murciano (Anagrama, 2006) que fue finalista del premio Herrralde en España en noviembre del 2006.

Como lectora de LA CASA MÁGICA de Claudia Carbonell, no salgo de mi admiración como la autora ha combinado el amor a los animales, la protección de nuestro mundo, la inclemencia de los adultos en no conservar ambos, animales y mundo, con la protección nuestra que tanto se merecen. Además de esto, hay narraciones en el cuento que tienen una prosa poética que va a encantar a lectores infantiles y adultos. La charla entre los animales es simplemente deliciosa.

Margarita Noguera, editora y autora de Entre Arcoiris y Nubarrones.

En *La Casa Mágica*, *El Bosque Mágico* y *La Finca Mágica,* Claudia Carbonell ha creado mundos encantadores, fascinantes, y esa cosa tan rara en la fantasía— ¡completamente convincentes! Como profesor, admiro su habilidad de hacer que todo parezca tan natural; como escritor, me siento un poco más que celoso.

--Kevin Jones, D.A. (Doctor en Artes) Profesor/Consejero del Union Institute & University Obras: *Bikeu* (poems), Shoestring Press, 2003; *William Wantling: A Commemoration* (Ed.), Babbitt's Books, 1994.

Claudia Carbonell revela con su prodigiosa imaginación cómo es la vida de los animales en su segundo libro: El *Bosque Mágico*. La exquisita sensibilidad de la autora florece en los ejemplos que da, sugiriendo a sus lectorcitos a distinguir entre el bien y el mal. Por sí solo o como parte de la *Serie Mágica*, es una fuente de sabiduría y placer para los niños por ser niños y para los adultos también.

Graciela Lecube-Chavez Actriz, escritora, editora, traductora y directora de comerciales. Mejor actriz de reparto, 2006. Life Achievement Award de H.O.L.A. (Hispanic Association of Latin Actors)

Alegóricas fantasías envueltas en la serie mágica llenas de libertad y amor, te llevan a distintos horizontes de sueños donde la ilusión vuela cual águila en pleno cielo, tomados de la mano la autora te transporta a un mundo mágico.

Maricela R. Loaeza autora de Poemas por Amor, Busqueda de Amor y Sembrando Ilusiones.

La Casa Mágica

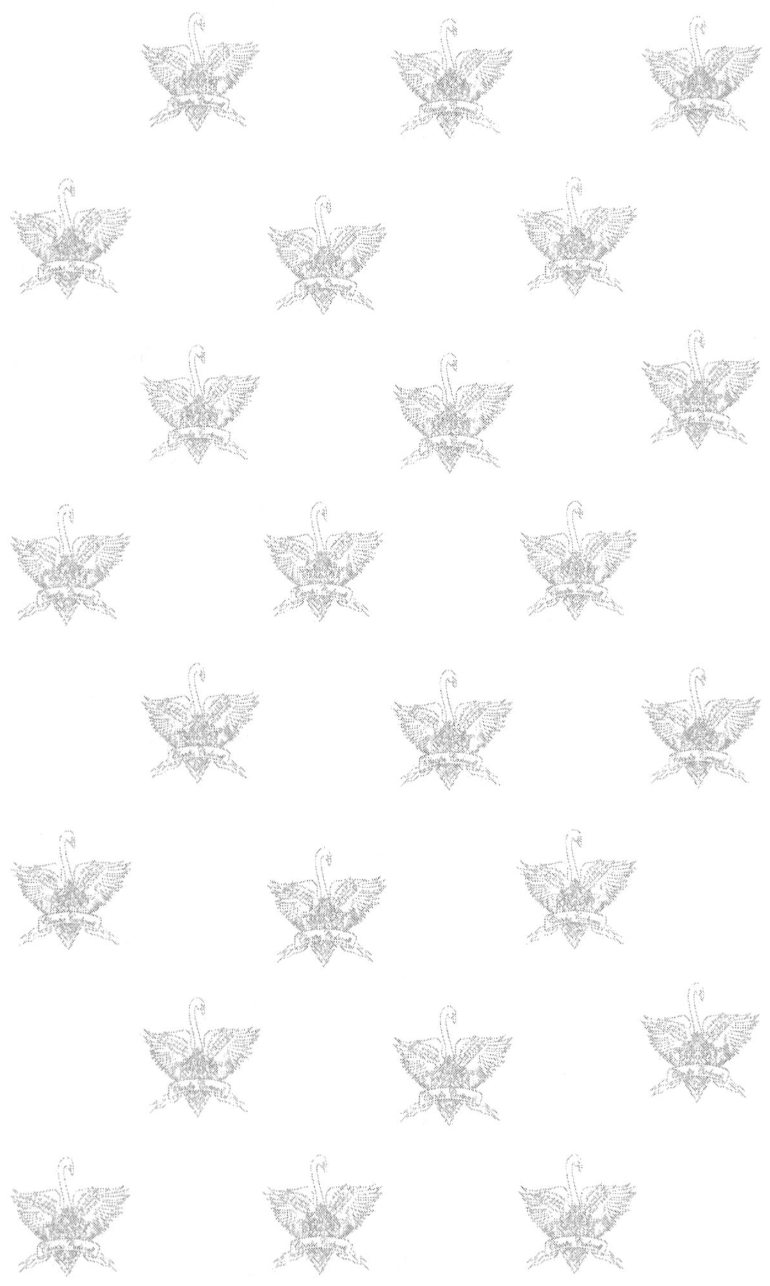

Claudia Carbonell

Made in the USA
Columbia, SC
27 July 2024

39407792R00122